U0003768

mark

這個系列標記的是一些人、一些事件與活動。

mark 37
三月搖籃曲

作者：Judith Lam （林細珠）
責任編輯：陳郁馨
美術設計：張士勇＆集紅堂廣告
法律顧問：全理法律事務所董安丹律師
出版者：大塊文化出版股份有限公司
www.locuspublishing.com
台北市 105 南京東路四段 25 號 11 樓

讀者服務專線： 0800-006689
TEL: (02) 87123898 FAX: (02) 87123897
郵撥帳號： 18955675
戶名：大塊文化出版股份有限公司
版權所有　翻印必究

總經銷：大和書報圖書股份有限公司
地址：台北縣三重市大智路 139 號
TEL: (02) 29818089 FAX: (02) 29883028 29813049
初版一刷： 2003 年 3 月

定價：新台幣 230 元
Printed in Taiwan

三月搖籃曲

A Love Song in March

Judith Lam　著／繪

謹以此書

獻給

我摯愛的母親

目錄

第二部　太太的話

Judith 和 Alan，以及小熊的故事

郝明義

2001 年 2 月底的一個早上，陽光非常好。我清理從年初就忙亂成一堆的辦公桌，翻出了一封用特製的紙張，手工折出來的信。這封信甚至有個漂亮的封面和封底。

素未謀面的郝明義先生：您好！我有點不相信自己真的提筆給你寫信。可是，直至目前為止，大大小小令一般人覺得奇怪的事，我也做了不少，也就不妨加上這一次吧！……。

我把信看完。信是從加拿大寄來的，信末署名 Judith，時間是 2000 年 11 月 20 日。我遲了三個月的時間才打開，不知道是不是已經錯過了和這個人的對話。

我很幸運。沒有錯過。我聯繫上了她，透過電話和 email，開始有了接觸一個故事的機會。

Judith Lam，出生於印尼，位於赤道的一個叫作坤甸(Pontianak)的城市。四歲移居香港，在當地成長及接受教育，一切看似正常其實是混沌的過日子。曾在日本東京文化服裝學院留學三年，之後一直從事服裝設計師的工作，卻在工作多年之後才知道這是個美麗的誤會。1987年決定要離開香港，因為不相信人生只有工作一項，亦不認同大部份香港人的價值觀；與當時還是男朋友的 Alan 討論，他願意放棄在香港所建立的一切和我去加拿大，令我大大地感動。1988年結婚，隨即移民至加拿大多倫多，一年半之後因丈夫的工作關係到了溫哥華定居，而我繼續從事服裝設計師的工作，人生一切看來皆美滿如意。

的確，那是 Judith 和 Alan 最快樂的一段日子。

後來我和 Judith 終於見面之後，好幾次看她從皮夾裡掏出她和 Alan 的四張照片，非常甜蜜又 proud　（這裡用這個英文字最能傳達那種感覺）地說：「這是春。這是夏。這是秋。這是冬。」

Judith 的個子很嬌小，Alan 則十分高大。Alan 在銀行業裡工作，有很好的待遇。

他們幸福的日子到 1995 年出現了變奏。從來都是睡得很香甜的 Alan，在那年 4 月開始有失眠的現象，而且手腳輕微抽

搐。和家庭醫生討論，醫生認為只是工作太累，叫他多休息。5月，Alan 失眠的現象逐漸嚴重，不時有全身不自主的抽搐，白天在工作中會忽然陷入半睡狀態，聲音也開始變得不太一樣。到6月，他已經到了有時候連續幾晚都沒法入睡的地步，真的睡著了，又有夢囈，並且在睡夢中做一些奇怪的動作。全身不自主的抽搐也越來越嚴重。進入7月，Alan 視力開始出現雙重影像（Double Vision），經常無故出汗，而且體重巨幅下降。10月，Alan 既有的病情變本加厲，新病癥則層出不窮：他開始有輕微的失憶，吞食物有困難，也開始見到幻象，甚至講起一些奇怪的話。有幾次，他肯定自己是春秋戰國時代的一名將軍。

　　這段時間，他們雖然轉診許多醫院，做了許多檢查，但是一直找不到病因。10月初，朋友介紹一所大學醫院內最好的腦神經科醫生，安排 Alan 入院作為期一週的精密檢查。這時，Alan 開始夢遊，夢中所做的動作很多，而且整個人會彈跳起來。同時，他的記憶開始錯亂，不太會寫字，講話也出現困難，字句含糊不清。更壞的是，有些時候 Alan 連 Judith 是誰也認不出了……

　　唯一的進展是，到10月底的時候，他們終於知道 Alan 得的是什麼病了。

Alan 得的是一種極爲罕見的不治之症。長期以來，這個病一直在神祕之中。因此，當 1982 年 Dr. Stanley Prusiner 發現了這種病因之後，他後來甚至得了諾貝爾獎。

但是直到今天，這個病也只有一個病名，叫作「致死性家族性失眠症」（Fatal Familial Insomnia，簡稱 FFI），得病的人，身體各個部位的器官會逐漸退化，連大腦也會退回幼年時期，直到心臟和呼吸停止運作爲止。而今天的醫學，除了能提供這個病名，以及知道這是由一種病毒所導致，也導致在某一個基因起變化，進而遺傳下一代之外，沒有辦法提供任何幫助。

由於極爲罕見，到當時爲止，全世界的這種病歷總共只有十四個家族出現過這個病，而且都是白種人。Alan 是第一個在醫學上被記錄下來的黃種人。（Alan 的病歷在網路上如附圖。）

那天，Judith 聽完醫生的解釋，她記下了這樣一段過程：

我沒有辦法阻止眼淚一直流，可是又不能不聽醫生很長很長的指示。

在走向停車場的時候，我不得不抬頭問 Alan 一句話：「你怎麼能夠那麼鎮定，控制自己的情緒，而且一滴眼淚也不流的呢？」一臉祥和的 Alan 淡淡然地說，「因爲眼淚改變不了事實。」

RE: SYMPTOMS

This response submitted by on 2/2/99.
Email Address:

GHB ABSTRACT
Non-response of a case of fatal familial insomnia to gamma hydroxy butyrate

Faculty of Medicine,
University of British Columbia, Vancouver, Canada.

FLEMING JAE,
FELDMAN H,
GREEN GJ,
MCGILLIVRAY BC,
KANG A,
BERRY K
Fatal Familial Insomnia (FFI) is a rare, inherited prion disease characterized by a progressive insomnia, cognitive impairment, endocrine disturbances including abnormal circadian rhythms of GH, prolactin and melatonin as well as autonomic and motor dysfunctions.1

The common presenting symptom of insomnia2 is refractory to traditional hypnotics such as barbiturates and benzodiazepines, even when high dosages (diazepam 50 mg i.v.) are used.3 A recent case report suggests that the investigational drug Gamma Hydroxy Butyrate (GHB), may be a safe and useful intervention in patients with FFI.4 We report a case of a 35 year old, Chinese male with established FFI whose sleep complaint and overall condition temporarily worsened with GHB treatment.

CASE HISTORY:
The patient presented with a 3 month history of difficulty initiating and maintaining sleep as60ciated with jerking movements of the lower limbs which later progressed to include arm and whole body movements. Occasional apneic episodes, sleep talking and "dream enactment" were witnessed. The family history revealed the patient's father developed an illness at the age of 51 characterized by insomnia, limb jerking and mental deterioration with death occurring 8 months after illness onset. A paternal aunt and uncle of the patient, aged 48 and ~38 respectively had similar illnesses The autopsy report (1978) of the aunt was available and showed degeneration in the thalamus, axonal torpedoes and Purkinje cell loss in the cerebellar cortex and some patchy neuronal loss and gliosis in the olive. A definitive postmortem diagnosis was not made although a form of familial JakobCreutzfeldt disease was suspected.

Following the onset of the insomnia, the patient developed specific neurological signs including myoclonic jerking during sleep. Subsequently he acquired diplopia, dysarthria, hypophonia and dysphagia. A polysomnogram was performed (09/04/1995) and showed marked insomnia, periodic limb movements, hypopneas and wholebody myoclonic jerking.

Night 1 Night 2
Time in bed 436 mins Stage 1 34.2% Time in bed 443 mins Stage 1 26.0%
Sleep Onset 14.5 mins Stage 2 49.5% Sleep Onset 23.5 mins Stage 2 62.4%
TST 206 mins Stage Delta 0.0% TST 250 mins Stage Delta 0.0%
SE 47.2% Stage REM 16.3% SE 56.5% Stage REM 9.6%

1995 年 4 月，Alan 病發，10 月底證實所患的是絕症，到 1996 年 3 月 21 日，春天的第一天，就去世了。

Alan 走了之後，Judith 陷入了憂鬱症的深淵。歷經四年的波折後，在近年才恢復重新回顧這件事的心情和氣力。

Judith 想到，在等待死亡的日子降臨之前，他們面對生死所採用的方法，是比較輕鬆和充滿笑聲的一種。由於 Alan 的心智一路逐漸退化，所以他們一路幾乎是以重渡一個童年的歷程，陪伴著 Alan 走完他人生最後一段路程。

而 Judith 會想到寫信給我，原因是：

> 從來沒有打算做作家的我，居然想用平凡的筆法和簡單的圖畫記錄一件在我來說，相當不平凡的事件，以紀念一個不平凡的丈夫。……希望藉著個人的體驗，支持及幫助遇到相同的人生考驗的朋友們，讓他們明白面對死亡不一定只是悲痛而已。……我不希望把這件事忘掉，也不希望它靜靜地無聲無色的淡出；我希望可以把這個事情和大家分享，即使有傷痛的成份。

Judith 在這本書裡要講的故事，是她和 Alan 怎樣「輕鬆和充滿笑聲」地面對死亡的過程，而我在這裡要先說她和 Alan 的一段故事，發生在 Alan 去世的那一天。

那時，Alan 已經住進安寧病房第四天，情況惡化，已經不

能講話，不能進食，而且呼吸沉重。他不斷地出汗，肩以下的身體已經開始變冷，手指甲腳指甲全都是紫青色。護士覺得他捱不過這一天了。

只是Judith感覺到Alan的心境其實很清晰，任何事情都瞞不過他。

而言語，在那時候，也是沒有存在的必要。我只要把他的手輕輕拉住，就可以開始用心交談，非常奇妙的溝通方法，但比起用說話交談還要清楚，還要明白對方的意念。人與人之間，很多時候，反而因為語言造成隔閡和誤解。

在這個情況下，他們在努力地撐著一件事情，等Alan的媽媽和妹妹從香港趕來溫哥華，見Alan最後一面。

他們等到了。在人聲嘈雜中，Judith意識到自己可能沒法和Allan相守他的最後一夜，但再怎麼，她也沒想到這最後一夜的最後一段終曲會是如此：

當時我的思緒很混亂，本來今晚打算一直留在Alan身邊，看來是沒辦法實現了。我該怎麼辦呢？

我握著Alan的手，閉上眼睛，用內心和他說：「Alan，我很想留下來陪你，可是現在的情況，看來是不允許我再逗留。如果你希望我留在你身邊的話，請給我一點提示，讓我知道你的意

思，這樣的話，無論如何，我也會盡辦法留下來，好嗎？」等了好一陣子，完全沒有感受到 Alan 的任何回應。那時候，我只感到四周的空氣非常沉重，氣壓很低的樣子。腦內混沌一片。

看來該是我離去吧？

再和 Alan 說：「Alan，我沒有感受到任何提示，會不會你也希望我回家去呢？那麼好的，有媽媽和妹妹在你身旁，我也很放心，他們會好好的照顧你。如果你累了，今晚要走的話，我會了解，也不會不高興，請你好好的上路，一切小心，保重。可是，我親愛的 Alan，如果你還想再見我，和我多講些話，那麼，明天早上八點，我再來看你，好不好？」

不，我並沒有生氣，相反的，我在想，如果這是 Alan 的意思，那也是很好呀！Alan 媽媽離開了我們一段日子，今天才回到來 Alan 的身邊，應該多讓他們相聚才對。而且，除了我以外，媽媽是最愛 Alan 的人，在這個時候，我實在不用太多心，也不應該讓事情複雜化。

我親了親 Alan，跟他說拜拜，心情很輕鬆地準備回家去。其實，我還故意逗留過了午夜十二點，看看 Alan 會不會有什麼變化，卻什麼都沒有發生。

夜班的男護士 G 看到我要走，很不了解很驚訝的問：「你肯定要回家？看 Alan 的情況，他今晚是真的隨時會走的呀！」

「房間內太多人了，太擁擠。」我說。

「那麼，你可以在客廳守候呀！」G善意的提醒我。

我微笑，說：「謝謝你。可是，要是不能守在 Alan 的身邊，那麼，我情願回家，沒有分別的。」G似懂非懂的點頭。

懷著平和的心情和媽媽道晚安，C和D載我回家。他們問今晚要不要陪我，我倒完全沒有想過這個問題，可是又覺得沒這個必要。我想，還是一個人安靜地充分休息就好了。

所以，那個晚上，我還是和過去幾天一樣，獨自在家。

為了幫助睡眠，我泡了熱水浴，讓心情放鬆。接著還打了一通電話到紐約和好朋友M聊天，掛上電話的時候，已經是凌晨一點多。我想我還是快點兒進入夢鄉，明天才會精神飽滿。

矇矓中，我張開眼。看到有一些奇異的東西從窗口飄入我的房間。那是五位一體透明淺灰藍色類似絲帶的浮游物體，當中一個，左右兩旁各有兩個，每一個的長度大概12公分，寬約1.5公分⋯⋯

它們飄進來以後，在天花板盤旋，然後飄浮到我的面前，在我的胸口上方停留，和我的臉相距不到二十公分的距離。我從來沒有見過這麼怪異的物體。

我在腦海中問自己：「這是什麼東西呀？你不要告訴我這是靈魂，飛來跟家人話別的呀！太離譜啦。不可能的！」

然後，這群物體再飄到天花板，接下來，我聽到了一個男聲，用英文說：「See, she is sleeping。」（看，她在睡覺。）

我再自語：「誰呀？是在講誰呀？是講我嗎？對呀，我正在睡覺呀。」

　　太不對勁了，我再跟自己講：「Judith Lam，你最好不要給我胡思亂想，連這樣的故事也編出來，太誇張了吧！你快點給我睡，明天還有很多事情要忙的呢。」正在想的當兒，這一群物體，在天花上空繞了一圈，輕輕地飄到窗口往外飛，然後消失了。

　　我看著這一切的發生，感覺很奇妙又很真實，可是也慶幸那些不知名的物體終於消失。

　　再一次，我告訴自己：「好了，好了，現在甚麼都沒有，你也不用亂想，還是快點兒好好的睡吧。」電話，就在那時候響的。當時大概是凌晨兩點過後。

　　妹妹從病院打電話來說：「哥哥剛走了。」

　愛情的極致是什麼？魂縈夢牽的終究是什麼？超越時間空間的是什麼？輕語低語無語不語之外的又是什麼？

　Judith 和我用 email 聯繫了一年多之後，終於在去年五月回亞洲的路上，來台北和我見了面。

　不論是她在 email 裡和我講 Alan 的故事，還是當面向我再講一遍的時候，我都可以感受到她混合在笑聲中的淚光。

時間已經過去六年，雖然 Judith 已經確認那就是 Alan 來跟她道別，但可以感受到她和她的 Soul Mate （靈魂密友）並沒有就此離別。

　　Judith 當面用手比著那五條絲帶樣的物體，在她眼前浮游著的情境，然後，她的眼淚終於迸了出來：「我能有 Alan 這樣一位先生，真是太幸運了。」

　　Judith 來交過她的稿子後，我們是在一個星期二的下午握手道別。那天，在別過之前，我問 Judith：經歷過那一切之後，她對愛情有沒有一個關鍵詞。

　　Judith 的確有。她聽了我的問題，沒有停頓地回答：「我認為愛情的關鍵詞是『真誠』。而對愛情傷害最大的就是欺騙。不論任何為對方著想出發點而做的欺騙。」

　　真誠。

　　現在，Judith 寫的故事，終於要出版了。

　　不論是 Allan，陪伴 Allan 的小熊，以及站在他們身後的Judith，都要各自開口說話了。

　　我很高興在他們故事開始之前，先有機會說這一段經過。

關於「致死性家族性失眠症」
Fatal Familial Insomnia，簡稱FFI

中文裡尚無習慣譯法，目前相關文獻多半直譯為「致死性家族性失眠」。此病為一種腦細胞病變。於1986年方確定病因。

病原體為一命名為「prion」的蛋白質分子，由普辛納博士 (Dr. Stanley Prusiner) 於1982年發現；普辛納博士並且因為此一發現而獲得1997年的諾貝爾醫學獎。

一般患者的發病年齡為五十歲左右。患者會出現愈來愈嚴重的失眠現象、認知能力受損、內分泌紊亂，以及身體不自主的抽搐與運動。

發病期可約分為四階段。

階段一：失眠現象明顯，出現類似恐慌的症狀。為期大約四個月。

階段二：出現幻象與夢遊。為期大約五個月。

階段三：完全無法入睡，體重急速下降。為期大約三個月。

階段四：精神錯亂，不能言語。為期大約六個月。最後結果是死亡。

此病目前已知的病例幾乎都屬於家族遺傳。

目前沒有治癒的療法，唯一的希望僅賴於日後的基因療法。

此病極為罕見，儘管現在歐洲、美國與日本均已有研究翔實的病例，但此病在全球的病例總數尚無統計數字。（本書作者表示，彼時她先生 Alan 求救於醫院時，醫生表示截至當時為止，知道全世界有十四個家族出現過此病，而且都是白種人。Alan 是第一個在醫學上被記錄下來的黃種人病例。）

第一部
Alan 與 B.B. Ray

一月

現在是什麼朝代？

時間像果凍似的慢慢凝固。

我轉過身來，身邊居然躺著一位女士。

讓我想想看：這位，應該是「我的太太」。沒錯，起碼在這一刻，我確定她的身分。不，我決不是逢場作戲的男人，也不是宿酒未清；我只是有點困惑。

這樣子的精神狀況，已經不是頭一遭發生了。

我究竟身在何處？

打量了室內一遍，不錯，這看來是臥室。

這是我的家嗎？窗外陽光正照得耀目。為何我還躺在床上，不用上班打拚去嗎？

看到我醒過來，「太太」輕輕地親了我一下，說：「Alan先生，昨晚睡得好嗎？」

睡眠？這件事似乎在光年以外，遙不可及，目前，我有更重要的問題：「請告訴我，現在是什麼朝代？」

「太太」笑了笑：「Alan，現在不時興用『朝代』這種字眼

了。我們身在『現代』，今天是公元一九九六年一月十五日；上午八時三十六分……。」

　　茫然地聽著這一切，卻那麼地陌生。

　　我的下屬和將領們都到了哪兒去？戰事完了嗎？不用再守著邊防前線嗎？也不用回到皇宮裡報告戰況了嗎？

　　如果今天是公元一九九六年，為什麼宮中、營中的人和事，卻依然那麼清晰地出現在我的腦海裡，彷如昨日之事？

　　這些，到底是我的夢？我的錯覺？還是我的前生？

　　有誰可以替我解開這種種的疑惑？

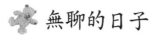# 無聊的日子

日子真無聊。

坐在這間百貨公司的陳列架子上，也有一段日子了，怎麼仍然沒有帶著慧眼的人，來把可愛的我帶回家去呢？

正想要數數手指渡日，才想起自己是個玩具熊，哪來手指可以數呢？

不過老實講，我真是一個不錯的玩具熊。一個「帥」字不足以形容我的外貌。先來說說顧客調查資料，大家公認我簡直是模範熊，的確是玩具熊界之中最純真善良誠實可愛的類型啦！再加上：我是一個既有腦袋，而且充滿愛心的小熊。怎樣，不簡單吧？不把我帶回家，是你們的損失。

啊！好悶。

悶歸悶，求上天保佑，我可不想被送到一個家，一個只能夠和那些看似可愛實屬無知的嬰兒嬉戲的家，那，將是我的最大悲劇！我的種種優點將會被埋沒，可惜，可惜。

只是熊在江湖，也是身不由己。

右上方眼皮有點跳動。

今天到底是什麼日子呢？爲什麼我總覺得在今天將會有些特別的事降臨我身上？

百貨公司內，依然冷清清，沒有很多顧客。唉，溫哥華的經濟眞的這麼差？我究竟要在陳列架子上呆坐到何年何月才能重見天日，才能有一個朋友，才能有一個家？

忽然間，我看到了兩位女士（在瞬間，我不能夠確定她們究竟是小姐或太太，稱呼爲女士的話比較安全），她們匆忙地在擺放小熊玩具的架子兩邊來回走動，又不斷地嘰哩呱啦討論著每一個小熊的樣貌。

聽說女人的構造和男人不同；不論在做什麼事情女人的嘴巴都可以同時活動，果然不錯。

還是不要分心，看看她們是不

oh!
I have no
fingers.

是在找像我這樣特別的小熊。

好想大聲地叫喊：「喂！對面的女士看過來！看過來！」

喔，忘了一般人是聽不真切我們小熊的話語的，因為一般人太忙了，沒時間花在他們不懂的事情上。叫喊也沒用。

真是的，為何店員這麼偏心又沒良心，把我放到陳列架的最高層，顧客的眼睛都長在頭頂的嗎？這樣多容易被顧客們忽略了我這個可愛的小熊！等下一定要記得向經理投訴！

不好了！

兩位女士現在每人手上都抱著一隻玩具熊，正向著收銀櫃檯的方向走去，我，我該怎麼辦呢？

電光火石之間……

「喂，P小姐，等一下，這隻小熊看來也不錯哩！」

是在說我嗎？

「嗯，它好像太Baby了，笨笨的，比較適合小孩子吧？」

這位叫作「P小姐」的女士，妳實在太沒眼光了……

「可是，我覺得Alan也許會喜歡。我自己也蠻喜歡這樣子的小熊，乖寶寶似的。只是綁在它脖子上的格子蝴蝶結，看來有點怪怪……不管了，也一起把它帶回家，讓Alan自己選吧！」短髮的女士如是說。

雖然遲鈍了一點，她的眼光還算不錯。

可是——什麼！還要經過一次甄選，才能決定我今後的命運嗎？嗚嗚……還一直以為是謠言，沒想到外面的世界果然變的如此複雜。

唉，百貨公司也真是的，怎麼可以這樣大方，讓顧客隨時改變心意，把買了的東西拿回來退還的哩？難怪我聽說現代的人類，容易變心的愈來愈多。

請問，變了的心是不是也可以退還的呢？

只能選一個？

　　這一段日子，不斷有訪客在我們家出沒，原因不明。最新的訪客是Ｐ小姐。

　　那天，看到我在和Raxon玩耍，細心的Ｐ小姐居然向「我的太太」提議：「Alan人這麼高大，好不好送他一隻大一點的玩具熊給他做伴？」

　　其實Raxon雖然只有我的手巴掌那麼大，但也不失為一隻方便的玩具熊。假如我的記憶仍然可靠，它，應該是一位朋友Ｊ女士在很久之前送給我的。

　　看，一直以來都有朋友為了我的玩具大費周章，你說我是不是一個很幸運的人？

　　我也不知道為什麼突然有一天，我對小熊發生了濃厚的興趣，反正我就是喜歡有一個玩伴。我把Raxon帶來帶去；時而把它放在枕頭上和我一起躺著；時而把它藏到我的衣服之內，讓「我的太太」找不到。當然，它的名字也是我取的，有沒有一點火星人名字的味道？

　　你一定在奇怪我的年紀有多大，為什麼還愛玩玩具小熊；

這一點，對不起，我也沒辦法告訴你，隨著漫長的每一天緩緩流逝，我感覺年齡也似乎被魔術減法，一天一天地減少⋯⋯

今天，「太太」和Ｐ小姐興高采烈地回到家。她們從百貨公司的超大型膠袋中搬出了三個毛茸茸的傢伙，對我說：「Alan，這兒有三隻熊寶寶，你看看喜歡哪一個？」

把三個完全不同性格的小熊仔細打量。

他們其中一個人模人樣站起來，還會張開嘴巴；另一個軟趴趴很無助的樣子；還有一個脖子打了蝴蝶結，四平八穩很乖地坐著，看來傻氣又神氣。研究過這三個小傢伙後，我決定：「三個都要！」

「喔，不行不行，Alan乖，只選一個好不好？」

這位「太太」還真節省，只讓我選一個小熊。

好吧，誰叫我一向從善如流，更何況，我明白重質不重量的道理。再次把三個小熊逐一抱住，又輕輕把他們拋高，看看他們當中誰有沒有懼高症。要知道，我雖然不是北方人，卻有著一八八公分的身高，膽子小一點的，即使是玩具小熊，可能也會害怕哩！我希望有一個勇敢的新朋友。

在把其中那一個看來頗為傻氣的小熊往高處拋的時候——等一下，不可能吧！

他居然向我**眨了一下眼**！

請相信我，我肯定沒看錯，他的確眨了一下眼！

我趕緊也用力眨了一下眼回應這小傢伙。

就是他了，我告訴「太太」我決定選這個小熊作朋友。這當下，我知道從今以後，我和這隻小熊註定要被命運緊密的牽連在一起，直到永遠永遠……

所以，我也請你，不要疏忽了生活中的每一個細節，因為那些看似微不足道稍縱即逝的小事，也許會改變了你日後的一切。誰知道？

Above ground level
2.0 meters

Hello.

嘿嘿，我「當選」啦！

就這樣，我們一行兩女士三小熊，浩浩蕩蕩地去到了座落在市中心一棟看來還可以的住宅大廈。

在途中，我嘗試和其他兩位參賽小熊交談，只是，他們可能比我呆坐在百貨店內的時間更長，有點兒連簡單的日常基本會話也掌握不到；也有可能他們保留實力，「眞熊不露相」，怕在談話中洩漏底牌。

算了吧，反正我們三個小熊很快便要進行大比拼，也用不著對他們了解太多，以免產生感情，下不了手。

可是，我也曾聽過「知彼知己，百戰百勝」。到底用哪一款招數比較勝券在握？

「Alan，來看看P小姐和我給你帶了些什麼？」

那位短髮女士邊說邊把我們三個小熊一一從膠袋子裡請出場。

奇怪！怎麼沒有舞台？怎麼沒有燈光？也用不著化粧的嗎？這場比賽看來馬虎了一些。

請問評判員在哪兒？依我看，說不定在眼前這個叫作 Alan 的高大威猛男士是關鍵人物。但見他來到我們三個小熊面前晃來晃去，左手摸一下，右手抱一下，沒有猶疑地說：「三個都要！」

太好了！高手不用過招，大家一起留在這個家。

「喔，不行不行，Alan 乖，只選一個好不好？」

短髮女士，妳是認真的嗎？妳真要我們三個小熊進行甄選？

嘿，不可再安份守己，我的殺手鐗要使出來了。

就在這個叫做 Alan 的哥哥再次把我

抱起來輕輕拋高的那一刻，我向他用力地眨了一下眼——啊！他看到了，他真的看到了，因為，相信我，他也向我眨了一下眼！

然後，他把我緊緊抱著，清楚地說：「我要這個小熊。」

我雙眼噙著淚。

「真的嗎？Alan，你肯定要這個小熊？」短髮女士不放心地追問。

唉，女人怎麼常常不相信男人所講的話呢？不要問長問短，拜託你不要給他機會改變主意，我不要回去百貨公司，我也想留在這裡，起碼，我的新朋友不是個小娃娃。

「P小姐你看，我也猜想到Alan會喜歡這款小熊。那個會站的熊，樣子有點兒兇。」洋洋得意的短髮女士開始有意見。

「對，好像是長大後會吃人的那些熊。」她的朋友附和。

「那個只會趴在地上的小熊就像是很會抓魚似的，還是Alan選的這一隻小熊樣子比較單純和善良，看來只愛吃蜜糖，不愛吃肉的。」

女士們，你們也太愛評頭論足落井下石了吧？可是你們也亂碰亂撞猜對了，我，的確是一隻素食小熊，只愛吃蜜糖。聽到蜜糖這兩個字，口水開始流……

「我們要不要替他取一個名字？」

什麼？兩位女士居然要替我改一個名字，就叫小熊有何不好？

「不如把小熊叫做 Ray 好了。Alan 不是有一位他很喜歡的小朋友叫 Ray Fung 嗎？」那位 P 小姐提議。

「沒錯，就叫小熊 Ray 好了。」

「來，Alan，現在正式介紹，這一位是你的新朋友 B.B. Ray，握握手吧！」

滿臉高興的短髮女士，把我毛茸茸軟綿綿的手和 Alan 哥哥溫暖的手拉在一塊。大手和小手緊緊的握住，有相逢恨晚之感。

這一天，我不但擊敗兩位實力派對手當選了，認識了一位新朋友，而且還得到一個洋名，充滿期待的新生活將從這裡開始……

Hi.
My name is
Bear Bear Ray.
Thank you.

留住記憶留住妳

忘記了從哪一天開始，忽然不懂得該怎樣才能把口中的食物吞下去。喉嚨彷彿像電梯的門，慢慢地、一分一分地合攏。給嬰兒的糊狀食物成了我的日常食品。

啊！好懷念那些煎得香噴噴八成熟帶一點生的牛排。

可能因為喉嚨收窄，連聲帶也受到影響，我那本來宏亮的聲音，也變得「聲」光暗淡，像個十來歲發育中的初中男生陰陽怪氣的聲調。

我開始不大想講話。

唉，還有我的眼睛！已經有好一段日子，所看到的一切，都是重重疊疊，完全像電影中所賣弄的鏡頭效果，看，就像圖所畫的這樣子！

關於腦中殘留的印象，曾經不只一次，坐在身邊的這位「太太」帶著我去見不同的眼科專家，偏偏他們也沒辦法幫助我改善這情形。

這種看似自然其實不自然地發

生的事，老實說，十分的不舒服，不方便，可是我卻從來沒有為此而生悶氣發脾氣。

　　我只是納悶，我的身體，到底在私自進行一項怎麼樣的改革工程呢？什麼時候我才能脫離這讓人困擾的一切？

　　另外一件最令我煩惱的事：那就是我的記憶。這頑皮的傢伙，很多時候開溜了，讓我手足無措地應付一些突發事件。

　　就像那一天吧（誰記得是哪天？），我隨口問身旁的一位女士，有沒有見到我的太太；她居然說她就是我太太。

　　嘿，真好笑，哪會有人想做別人的太太想到瘋，隨便亂認，還想佔我便宜。我才沒那麼笨哩！才不要上當。

　　接下來，她還居然有辦法把我的結婚照片弄到手，厚著臉皮指著新娘子問我這是不是她。

　　我前看後看左看右看，她和我的太太明明是兩個完全不同的人。

　　搖搖頭，我堅定地告訴這人來瘋：「Sorry，對不起，妳絕對不是我那可愛的太太。麻煩妳請我的太太過來一下。」

　　一臉失望的這位女士，輕輕地拍拍我的肩膀說：「沒關係，Alan，你不認得我也沒關係。來，讓我帶你到房間裡換衣服吧！」

看，我又把東西打翻，把衣服也弄髒了。

在換衣服的時候，靈光一閃，這該死的記憶外遊回來，閃進我的腦海裡，一下子我肯定身旁的這位女士明明是我的太太呀！得趕快親她一下。

「謝謝你，太太。」

「別鬧了，一分鐘前你還說不知道我是誰哩！」語氣帶著懊惱的太太說。

「哎唷，不可能吧！太太，我絕對不會把你忘記的。」

太太笑了，還親了我一下，「我也絕對不會把你忘記的，Alan，我好愛好愛你。」

「嗯，我也是。」

請問，有什麼方法可以管教頑皮的記憶？

我不要讓我的記憶來去無蹤！多麼想把記憶緊緊地鎖住了，讓我永遠永遠也不會忘記我

最愛的人的那一張臉孔⋯⋯

這位哥哥很奇怪

　　請別以為我年紀小不懂事。在百貨公司裡待了一段日子的我，是個見過不少世面的小熊。可是像 Alan 哥哥這樣奇怪的人，倒是平生第一次碰到。

　　Alan 哥哥人長得高大，以我立正四十八公分的高度計算，他大概是把三點九一六六個我疊起來的身高。至於相貌，在東方男人，不，不，在東、西方男人之中，Alan 哥哥也算是登樣的啦！

　　問題出在，他的性格和行為，與他高大威猛的外型極不相稱。

　　多數的時候他很沈默，話不多，不像那些把太太當成傭人呼來喝去的大男人。可是不愛講話並不表示他很安靜，相反的，他三不五時便會全身抖動。到底是他的身上安裝了馬達，還是他在表演一種新的電子舞步給我欣賞？

　　有一次他躺在床上，整個身體彈起來離床居然有十公分之高：嚇得睡在他身旁的我幾乎要尿褲子。

　　我該不該向短髮女士，也就是Alan哥哥的太太投訴？

　　難道Alan哥哥有特異功能嗎？

　　昨天吃晚飯的時候，我瞄了一眼Alan哥哥到底吃什麼。哇！那些不是小孩子吃的食物嗎？糊狀的食物！Alan哥哥人長得像模像樣卻吃這樣的嬰兒食品，他沒長牙齒嗎？是不是他吃太多蜜糖，就像我從小已經把牙齒都蛀光？

　　這還不止，吃到一半，他居然把我的手扳過來，想要把口中的食物吐在我的手掌心上。什麼意思，把我的手當成目標！來人救命呀！快，太太！快阻止Alan哥哥這種沒公德的行為。還好，在這千鈞一髮之際，太太發覺了，一場世紀浩劫才得以倖免。

好幾次，嘿，Alan哥哥連自己的太太也認不出來。你說好不好笑？我可以保證他的太太絕對沒有去整容，可是我想破頭殼也不明白為什麼Alan哥哥頭腦這麼差，每天見著面的太太都說不認識。警察伯伯，你們千萬不要請他去辨認嫌疑犯，否則會害死很多無辜的人哦！

今天下午，聽見太太說要帶Alan哥哥到醫院去。出門之前，Alan哥哥指著空蕩蕩沒人坐的沙發問：「他呢？他要不要一起去？」

太太依著他所指的方向看了一下，笑瞇瞇地說：「對呀，Alan，這人不和我們一起出去的。不要管他，就讓他在那裡坐一下吧！」

天地良心，那……那……那沙發上明明沒有人坐著。

天哪！我到底來到一個怎樣的家庭？這一家人比「阿達一族」(Adams Family) 的成員還要怪異。為什麼他們看到的，我一點兒都看不到？回到百貨公司去坐冷板凳似乎比較平安。也許我應該趁著更大的恐慌出現之前，立刻計劃我的逃亡大計。

有一點我必須向你說明白，當我說Alan哥哥不愛講話，並不表示他真的不講話，別忘了，我是他的新朋友，多多少少也要應付一下哦！

多少個夜晚，窗外的天色全黑，我開始打呵欠，但他不放過我，仍然愛抱著我說上一大堆話。不騙你，Alan哥哥會說外星話，內容大概是：「B. B. Ray，你可不可以×@✳☆♯我也×♯＄♯的話，◎☆呢？」

　　為了可以早點睡，也為了免他難堪，我不但點了點頭，還很努力瞪著瞇睡的雙眼認真的看著他，假裝完全明白他所講的話。各位，這一招式，我認為所有下屬對上司；小孩子對父母親；甚至丈夫對太太都非常適用，總之人人合用，永不落空，我極力推薦給大家，相信一定可以減去費盡唇舌解釋很多不重要的事情，也可以避免很多無謂的爭執。

　　你看，才一下子Alan哥哥就安靜下來，他滿意了，不再逼我聽那些毫無意義的外星話，不再打擾我的休息時間。超時工作本來要付雙倍的蜜糖，不過Alan哥哥是我的朋友，不用斤斤計較酬勞。

　　可是，他怎麼從來不休息的呢？

　　我到了這個家已經有一段日子，從沒有看過Alan哥哥好好的睡上一覺。

　　那，又是為了什麼呢？

Where is the Invisible Man?

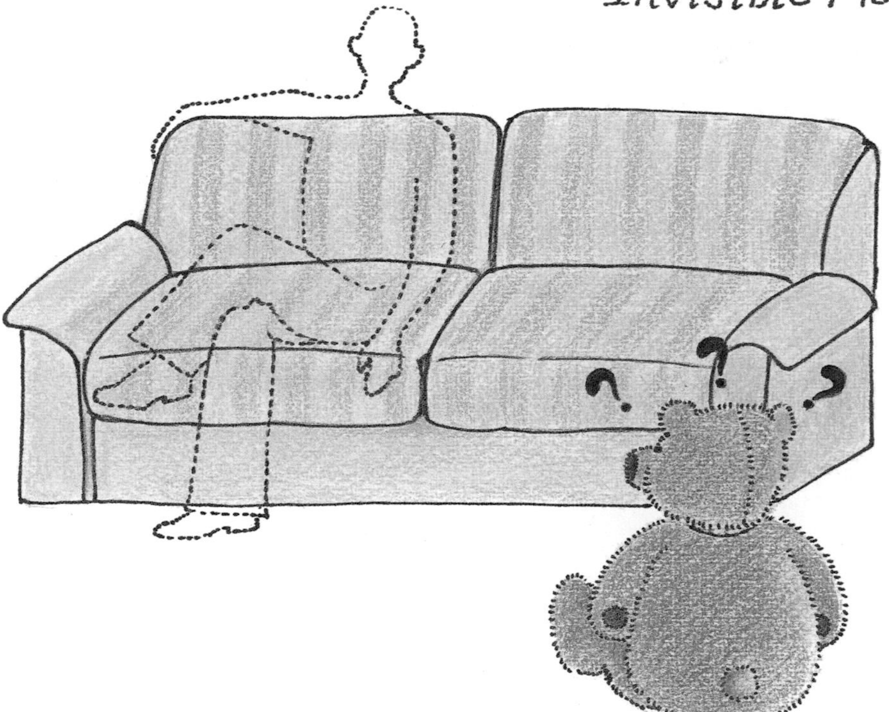

二月

不，不是我。是它。

　　現在是早上吧？太太扶著像個古老鐘擺似的失去平衡的我，慢慢地把我帶到餐桌前坐好。

　　餐桌上放著一碗熱呼呼的東西，那看起來是麥片吧？

　　出現在眼前的所有事物，彷彿都不再有名稱，一切都那麼的陌生，我只能偶然想起隻字片語。

　　太太把蜜糖拿出來，這個我倒曉得，每天我的新朋友都在吃，嗯，該不會是向小熊借的吧？

　　她用蜜糖一邊在麥片上淋澆著字體一邊說：「看看，Alan，這是你的名字哩！」

　　凝視著麥片上漸漸溶化的我的名字，我的心也甜絲絲地漸漸溶化。親愛的太太，感謝你仍然願意無時無刻花心思逗我開心，我們在一起的日子一直跟沉悶無緣。

　　「Alan，乖乖坐好不要動，我到廚房拿一杯果汁給你，回頭再餵你吃麥片。」

　　對，也忘了曾幾何時，我的手開始會不由自

主地抖動，沒辦法好好的把東西拿穩，更不用說把食物放進自己口中。

太太剛走開，我就忙著嘗試自己站起來，完全忘了她的交代，一心只想要和坐在一旁的小熊玩耍。忘了原來我早已經身不由己，才一站起來，便連人帶椅把餐桌上的整盤麥片都一併四散在地毯上，完完全全落花流水人仰馬翻。

太太聞聲跑出來一看：「哎唷！Alan你怎麼這樣不聽話，把家裡弄得亂七八糟？再不乖的話我把你送進醫院去！」

語言能力變得薄弱的我，只能在心內呼喊：「不，太太，不。求妳不要送我去醫院，我想多留在家裡讓妳照顧。」

原來人們在憤怒時，往往衝口說出一些帶有威嚇性質的說話，尤其對小孩子和生病的人，這些說話聽起來著實恐怖，可以造成很大的心理傷害。太太，妳明白嗎？

轉過頭來，看到小熊B.B. Ray一臉幸災樂禍的那付模樣，我心裡也有氣。一不做二不休，把心一橫，對太太說：「不，不是我。是它。」

想不到，我的內在壞本能是時常伺機而動。那到底人之初究竟是「性本善」還是「性本惡」呢？

聽了我的推卸謊言，太太轉怒為笑：「好了啦，Alan！不

要把一團糟怪到小熊頭上去。我保證不會因為你頑皮而把你送到醫院去，放心好了。

「你看，今天煮的剛好是麥片，和我們家的地毯顏色一樣的哩！沒關係，弄髒了也不容易察覺。來吧，乖乖坐下，讓我再去煮一份麥片給你吃，好不好？」

親愛的太太，你的脾氣，明顯地變得愈來愈溫和了。是我這個怪病馴服了你嗎？我從來無意要你改變，也從來不理解為什麼有人妄想去改變其他人。從初相識以來，我喜歡你是你。可是這樣子不經意地一點一滴在

蛻變的你，比以前

更善解人意，

也更加有耐

心。也許在未

來的日子裡，這種種改

變會發揮無窮盡

的用途，為妳

想做的事加

添力量，會不

會呢？

What?

🐻 沒關係，你不是故意的

　　有些時候，真懷疑Alan哥哥是不是故意假裝生病來惹他太太生氣，讓太太不得不對他多加注意。聽說有些夫婦很愛用背道而馳的方式來引起對方的重視。人類的這種相處方式說有多累便多累，而且往往吃力不討好，樂此不疲的卻大有人在。

　　可是以我連日觀察所得，Alan哥哥和太太倒不像心靈堵塞、沒有交流、爾虞我詐、每一天都在玩無聊心理遊戲的那一類夫婦。相反地，他們看來相當的恩愛，他們的家不過是普通的家，可幾乎每一天都充滿著歡笑聲。

　　除了今天早上發生的一件小意外。

　　今天早上，太太明明吩咐Alan哥哥好好的坐，不要亂站起來，他偏不聽話，趁著太太去了廚房的時候，一古腦兒站起來。你看看，那些小嬰兒吃的糊狀食物被打翻了；原本乾淨的地毯被弄髒了；盤子餐具四散；Alan哥哥整個人倒在地上，動彈不得，也不曉得把身體撐起來。

　　我看著也替他難過起來，恨不得

Oh! No.

可以立即變身為超人，把無助的 Alan 哥哥抱起來讓他坐好。可惜，我不過是一隻充滿愛心卻手軟腳軟幫不上忙的可愛玩具熊。唉，有些情況就算是好朋友也愛莫能助，無法伸出緩手。

太太從廚房跑跳出來的勁，可以媲美馬拉松比賽健兒往終點衝的樣子。罵，是免不了的，還好太太適可而止，可是也嚇怕了 Alan 哥哥。嘿，他也不完全笨哩！居然想嫁禍給我，說這一切都是我闖出來的禍，真沒良心。幸好太太明察秋毫，比包大人英明，我才不致於含冤莫白。誰能告訴我，一隻被嫁禍的玩具小熊該如何洗脫罪名？

Alan 哥哥，我知道你不是故意，你只是又忘了剛才自己做了些什麼事，對吧？你也忘記了怎樣自己站立和走路，對吧？

剛開始認識你的時候，你還抱著我，在客廳裡、在臥室內走來走去。怎麼才一個月不到的光景（聰明的我用一天吃掉一瓶蜜糖的精確計算方法算日子：目前我收藏有二十五個空的蜜糖罐子），你變得和我一樣手軟腳無力，失去平衡，完全不能自由行動，為什麼呢？我該為你擔心嗎？

看著身高才到 Alan 哥哥肩膀的太太，吃力地扶著身高一八八體重卻不足七十公斤、步伐蹣跚跌跌撞撞的 Alan 哥哥，我只能暗暗地祝福他們，平安無事走過每一天。

混沌與清澈之間

　　身不由己，莫名其妙徘徊在混沌與清澈之間渡日子。

　　很多時候，當記憶返回了工作崗位的時候，我隱約知道發生的事。但更多的時候我無法理解眼前的一切。

　　陌生。

　　陌生。

　　陌生。

　　然後苦惱。

　　就像目前這一刻，我清楚知道自己是個病人，而坐在我身旁的是我親愛的太太。我的病應該相當嚴重，可是我想不起自己到底生什麼病，反正不用吃藥打點滴，應該不是很嚴重的病吧？

　　生活和以往似乎沒有很大分別，只是一切都要旁人代勞：吃、喝、拉、撒，沒有一件事可以自己獨力做。

　　我失去了成年人很大部分的基本能力。

　　摸了摸身上的紙尿褲，忽然很想狂笑，太滑稽，太不可思議。我不是小娃娃，更不是老公公，老天爺在跟我開什麼玩笑

嘛？從小到大，我一直都健康良好，不要說生什麼大病，根本一年到頭我連小病也沒有，現在卻不但不知道生了什麼病，人也一下子變成不大不小。

　　絞盡腦汁翻尋我到底生了什麼病……

　　然後，那一天的記憶突然跑回來了。

　　那一天，是一九九五年十月下旬的某一天。

　　見過數不清的醫生和專家，覆述了多少遍我的病情，經過了無數的精密檢查，也做了好幾樣不同的腦部詳細檢查。一九九五年十月那一天，是到大學醫院見神經科專家，F醫生，聽取檢查報告，也就是我被宣判命運的一天。

　　醜媳婦終要見公婆。答案將要破繭而出。

　　這之前，我和太太談過無數次關於我的病，也都同意了無論報告結果如何，我們都會勇敢地共同面對。

　　兩手緊緊相扣，我和太太在

神色凝重的F醫生的辦公桌前坐下來。F醫生清了清喉嚨。我常以為這不過是電影中醫生的基本動作，沒想到在現實生活之中，醫生確實以這種舉動作為開場白。

　　F醫生用緩慢沉重而清晰的語調向我們說：「兩位對不起，不是好消息。不幸地，我們證實Alan所患的病是『致死性家族性失眠症』(Fatal Familial Insomnia)，簡稱FFI，一種極為罕見的遺傳性疾病。」

　　他說：「目前的科學以及醫學仍然沒有辦法治療這個病。Alan，不能夠幫助你，我深感遺憾。」

　　他把手伸出來，用力和我握了一下。

　　身旁的太太管不了大滴大滴淚珠往下墜，仍然保持鎮定和F醫生討論詳細病況，以及接下來我們要面對的各項細節。我慶幸有這樣一位理智的太太。

心事重重往停車場取車。別擔心，不是我開車，那個階段我早就有了雙重視覺，不可能駕駛。

　　太太忽然停步，仰著臉，問了我這樣一個問題：「Alan先生，你怎麼可以這樣鎮定，一滴眼淚也不流？」

　　我笑了笑，輕輕擁著太太的肩：「眼淚，改變不了事實。」

　　我還要求太太暫時不要向任何人透露剛才F醫生所說的一切。我需要靜下來仔細想一想，給我一點時間讓我消化這個早有心理準備但還是嚇人的結果。

　　聽取了檢驗報告，不是不好的，起碼不用再因為猜疑到底是怎樣的病而搞得我整個人七上八下。既然我的病無法醫治，我寧可知道真相，就算是血淋淋的真相。畢竟，這是我的生命。我可不要糊里糊塗的把所剩無幾的寶貴日子浪費。

　　我記得接下來我們還到了附近的一間飯館吃午飯。噩耗出現了，但，飯還是要吃的。

　　飯館裡的人又怎會知道，這一對有說有笑的男女，正準備在吃飽午飯之後接下命運發出的挑戰書？

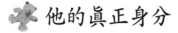 # 他的真正身分

　　就像嘗試去完成一幅沒有線索的拼圖，拼來比去，不是這處少了一塊，就是那塊形狀不同。最後，憑著眼觀四面耳聽八方，加上天資聰敏，我終於揭發了 Alan 哥哥的真正身分原來是「病人」。

　　他生的病，可不是常見的傷風感冒，也不是當今世上很多人患上的「癌症」、「愛滋病」或「老人痴呆症」。

　　Alan 哥哥是被一種叫做「致死性家族性失眠症」的病欺負了。這個病由失眠開始，到後來病人將會每日每夜都不能入睡，直至體能盡耗。這一切，只因為一種神秘的病原體「Prion」造成病人的腦中樞神經幹的頂部細胞退化，影響全身的活動機能。這個據說世界上不過十來個家族才有的罕見遺傳病，單單是病變以及病徵就足以叫人毛骨悚然。遺憾的是，目前的醫學仍然不能夠穿過重重疊疊構造極複雜的腦部，到達位於中心的腦中樞神經幹，所以，Alan 哥哥的病是無法醫治的。

　　換另一個說法，唉，Alan 哥哥是一位患了絕症的病人。

　　既然是家族性失眠症，你一定會問，Alan 哥哥家族成員的

上一代、上上一代、或是上上上一代有沒有人患了這個病呢？
答案是：有的。

　　Alan哥哥的上一代，連同他的父親在內，共有三位長輩都是因為這種病而去世。只是當時的醫學還沒有今天這樣先進，當年的醫生連病發的起因以及病源也找不到，更不用說有病名；所以他們都只是被冠上「因腦病而去世」，而不知道真正的幕後神秘兇手是什麼。

　　現在雖然知道了這種病的病源，讓專家們訝異的是，這種怪病的病原體可以一直潛伏在人體內，一生到老也不現形；但也有可能隨時因為某些無法解釋的情況，病原體產生變化而現形。不幸地，Alan哥哥體內的病原體屬於後者，它不安於室，在Alan哥哥才三十五歲的去年，無聲無息竄了出來。這一局俄羅斯輪盤，誰也沒料到下一發子彈果然從槍鏜射出，無處可躲。

　　就因為這個奇特的FFI，Alan哥哥的身體一天比

I Got it!

Fatal Family Insomn…

一天變得更虛弱。他甚至慢慢變回小孩子似的，有時很傻氣，有時很乖，有時候卻很頑皮，把他的太太逗得又是氣又是笑。

後來，我還在網路上查到，聽說患上了FFI這個討厭的病，一旦病徵出現之後，病人通常會在一年內死亡。

死亡意味著什麼呢？

死亡，到底是怎麼樣的一回事？

一般人要是得悉親愛的家人生病，而且是不能醫治的病的話，都很容易變得愁眉苦臉，心事重重；家裡面多多少少總是有些烏雲密佈。可是我看Alan哥哥和他的太太還是每天都生活得蠻開心，笑聲不斷。

很令人費解。

他們不難過嗎？

莫非他們找到秘方可以醫治Alan哥哥的怪病？

他們到底怎樣看待人生，到底怎樣處理人生中所遭遇的大事件呢？

我必須再好好地研究一下。

太太依舊愛講話，愛搞笑；Alan哥哥有時候會逗得太太哈哈大笑，更多的時候他是聽話的那一個。會不會是Alan哥哥知道「沈默是金」的千古不變真理，故意讓他那位又愛笑又愛講

話的太太主持大局，他自己默默把金子藏起來？

眼看著才認識了一段不長日子的 Alan 哥哥，一天一天急促地承受著令人目不暇給的病徵，我的心也像被十瓶大號蜜糖壓得隱隱作痛，恨自己幫不上什麼忙。

也許，陪著他，安靜地聆聽他說著外星人一般的話，已經足夠。有一天，總有一天我會明白他的外星話。

我決定放棄那個自編自導偉大的逃亡計劃，繼續守在我這位特別的朋友身邊。

沒有呵欠的日子

你有沒有嘗過打不出呵欠的滋味？

已經有一段很長的日子，無論我把嘴張得多大，就是沒辦法把呵欠打出來。那種難言的不舒服，請原諒我不會形容。

比起打不出呵欠，更讓人難受的事情，是失眠。不管我多累，多想睡，就是不能睡。每當我容許自己墜進黑甜鄉，尋找他方的美夢，總被突然其來的振動驚嚇而醒——不，也不能說是驚醒，因為我根本連夢鄉的邊緣也沒到達過。

眼睜睜看著體力一點一滴從多少個無眠的星夜裡溜走，留也留不住，我不是沒有感慨的。那些手腳突然間抖動的次數用不著做紀錄，誰都看得出來是明顯地增加。腦袋裡古古怪怪的念頭也層出不窮。

多少次，明明不能夠自己行動的我，赫然發現自己站在打開了的衣櫥前，或是窗戶前，努力找尋一道樓梯；怪異的行為，是一件又一件有理說不清的事。結果，當然是被太太請離原位，回到讓她放心的地方。可是我明明記得家裡有通道上二樓的呀，我要找出來，我要到二樓去！口齒不清比手劃腳向太

太解釋。對於我吃力表達的話，太太唯唯諾諾用微笑回應。看來她不相信我的話；她在敷衍我。

　　傻傻坐在一旁的小熊B.B. Ray突然插嘴：「Alan哥哥，你大概記錯了，我們家是在公寓的高層，又不是樓中樓的複式設計，哪來樓梯通往二樓呢？」

「B.B. Ray，原來你聽得懂我的話。」

「我也是最近才開始明白的呢！」

「太好了！麻煩你用心記著我的話，翻譯給我的太太聽，可以嗎？」

「沒問題，改天我會告訴她的。」

難道，從今以後我真的只能和B.B. Ray溝通了？

現在，我和B.B. Ray一起坐在廚房門口的地毯上聊哥兒們的事。

你千萬別誤會，以為太太在虐待我們。只是如果家裡沒有其他人在的話，為了不讓我離開她的視線範圍，也為了不再讓我跌倒，最佳辦法是放我到地面上坐，我會乖乖的不亂動，因為我沒辦法自己站起來。

就像此刻，太太可以一面做午飯，一面看著我和B.B. Ray玩耍。

其實，當一切都回復到單純，甚至有點幼稚的地步，也不是不好的。現在的我，對於真實世界的一切，都不再有感覺，所有事物在我眼裡，都好像哥倫布發現新大陸似的充滿新奇。天天都在做如假包換的白日夢。

這樣無聊卻不失有趣的日子，到底會延續到什麼時候？

不睡覺的天使

　　自從 Alan 哥哥的人生開始往回跑，他的智力越來越接近我的智力，我們互相更明白對方。我真高興終於聽懂 Alan 哥哥的語言。他的外星話原來充滿玄機。

　　不管是人和人，或是人和熊；不管在地球上宇宙間的哪個角落；不管講的是哪一國哪一種星球的語言，只要有耐心和擁有我這般聰明的頭腦，想要找到解碼鑰匙並不困難。任何新的語言再不會阻礙我跟 Alan 哥哥溝通。

　　我倒不認為太太沒耐心聽 Alan 哥哥講話，只是一天下來她已經夠累，人盯人可不是等閒的功夫，她實在沒辦法放棄每天深夜不睡，聽 Alan 哥哥講一大堆外星話。多少個明天在等著太太去面對，多少樣事情在等著太太去處理，她儘量爭取休息機會補充體能，才可以長期照顧 Alan 哥哥。

　　所以，作為人類的可靠朋友，我負起了日日夜夜伺候在 Alan 哥哥身旁的重任，並且成為他的最佳忠實聽眾。等到有一天，太太不再這麼忙的時候，我要把我知道的 Alan 哥哥的話都告訴太太。目前的她，除了全心全力為 Alan 哥哥操心，還要隨

時回答一些不應該在日常生活劇本以內出現的台詞——就好像上次他們的對話，聽得我一楞一楞的。

那一天，午飯過後，Alan哥哥問太太有沒有見到那個男人，那個他們不太喜歡的男人，Alan哥哥忘了他的名字。

太太說她不知道Alan哥哥在講誰。

Alan哥哥就說，他們需要胎盤，才能去訂做一個新的自己，舊的那個沒用了。

腦筋轉動速度蠻快的太太，指著Alan哥哥的胸口問：「這個，是不是『舊』的你？」

Alan哥哥點頭。

太太繼續追問：「你意思是說，你要去投胎重新作一個新人？」

Alan哥哥再次點頭說：「對，大概就是這個意思。」

太太若有所思，看著Alan哥哥，不再講話。

一頭霧水的我更啞口無言。

和Alan哥哥一樣，我也有一頭清爽的短頭髮。一頭短髮說明我們都是熱愛戶外活動的男生。

什麼？我從沒告訴你我是小男熊嗎？話說從前，百貨公司

關門之後，我很愛偷偷溜到外邊去爬樹。說不定以前我曾經在 English Bay 碰見過騎腳踏車的 Alan 哥哥呢！難怪我們那麼一見如故，果然是英雄惜英「熊」。

和 Alan 哥哥講的話愈多，我愈喜歡他。我欣賞他對太太的愛，我佩服他對世情的看透，我喜歡他的溫柔，他的正直。

他人是長得高大，抱著我的時候卻很輕柔，就像抱住一份珍貴的寶物。

多少個晚上，他還會靜靜地替我蓋被子，輕輕拍哄我入睡，就差沒哼上一兩首搖籃曲。

在我心目中，Alan 哥哥是一個身材高大卻不靈活、軀殼內蘊含一顆赤子之心的天使。

一個不睡覺的天使。

遠方

B.B. Ray 這小傢伙，樣子看來笨笨，其實蠻有頭腦，也比一般玩具熊有耐心。他孜孜不倦學會了我講的話，讓我起碼有了一位固定的交談對象。

這年頭，大家忙著用電腦、ICQ、電子郵件，網路太通行，大家都不願意好好兒坐下來交談。我還是老派作風，喜歡面對面，真真切切看到對方的表情神態，這比對著一段段的文字實在得多，也有趣得多。

我的記憶如風似影地出沒，偶爾我也可以和太太交談，甚至有些時候，我們中文、英文夾雜著，有來有往地對話，聽得小熊B.B. Ray 也傻了眼。

就像剛才，我剛看完了這一本書，我很想到那地方逛逛。我肯定「遠方」(The Far Side) 是一間書局，裡面什麼書都可以找得到。

書裡提到的範圍之廣，不但地球上任何一角的資料，連小王子的B-612星座，以及天空宇宙共和國的詳細資料也有。

我想，我還是學一般人移民的做法，把準備去居留的國家

的資料都找來看看，這樣的話也許比較容易適應新環境。不久的將來，如果我的人間良民證沒問題的話，我打算移民到天空宇宙共和國去。大家都說那是塊很不錯的樂土，搬到那裡去的話，以後再也不用移到別的地方去。不想一個人過太久「太空人」的生活，安頓下來之後，我希望可以把太太和B.B. Ray也接過來……

看到我苦苦掙扎要站起來，問明白我的意思之後，太太笑了笑告訴我說，營業時間還沒到，去了也白去。

是嗎？「遠方」書局還沒開門？

那麼只好等會兒再去吧。

我太太真厲害，連這一間不是很多人知道的書局的營業時間也瞭如指掌，不簡單哦！

面對這樣不簡單的太太，不動點腦筋不成。

有一次，我那頑皮的記憶又偷跑了。看著太太，我照樣問：「為什麼Judith還不出來吃早餐？」

太太瞪我一眼問：「看清楚點，Alan，我－是－誰？」

看到太太的表情，我忍不住噗哧一聲，記憶即時回歸。

我連忙討好地說：「對嘛！你分明就是Judith。不好意思，你知道為什麼嗎？那是因為我跟你已經兩位一體，我才以為

Judith是另外一個人。」

太太笑得受不了，輕輕拍打我的肩：「不錯喔！Alan，很有創意喔！下次還可以再用這個藉口。」

我吐吐舌頭，和B.B. Ray交換一個得意的眼神，好險！

你要去哪裡?

　　雖然Alan哥哥的常用語言是外星話,天氣好的日子,他也會失常,講起中文和英文。

　　你別小看我,在外國住了一段時期,我的英文實在不賴。也許Alan哥哥想要考考我的英語聽力,就在今天,居然和太太有以下一番對話。

　　掙扎著想自己站起來的Alan哥哥:「I want to go to The Far Side.」

　　他是說,他想要去遠方。

　　忍住笑,帶著狡點眼神的太太說:「Hum... The Far Side. Isn't it a place of nowhere ?」

　　太太反問,那地方不是無處之處嗎?

　　開始有些不耐煩的Alan哥哥說:「No, it's a place of somewhere.」

　　哦,他肯定那兒是有處之處。

　　天哪!他倆的對話真有夠玄。有道無為是有為,難怪無處是有處。

太太終於爆笑了出來（看，我早就告訴你，這太太很愛笑），隨口轉換成中文頻道：「Alan不用急，『遠方』要到了下午一點才開門，現在去也沒用呀！讓我把飯吃完才帶你出去，好不好？」

請問太太，究竟有哪些事情妳不知道的？我看妳也沒有博覽群書，那些答案都是編造出來唬Alan的哥哥吧？

偏偏Alan哥哥對太太很有信心，完全不懷疑。好一個乖寶寶Alan哥哥，點了點頭，安靜地坐下。

然後，不過眨眼的功夫，他已經忘了自己的打算，把注意力移向電視機的畫面，壓根兒忘記了整件事。

經常在家白吃白喝晃來晃去遊手好閒的我，卻在沙發上找到了一本書，書的名字不就是《遠方》(The Far Side) 嗎？

難道真有一個地方叫做遠方？那個是不是好地方？Alan哥哥，我們大家都會一起去嗎？

活一天算一天

一些平凡的事，如果隔了一段很長的時間沒有去做，有一天會忽然變得特別起來。

今天過得滿心歡喜。生病以來，太太和我不知有多久沒有到外面去。然而今天太太不怕麻煩，願意陪著我到外面走走。我盡了很大的努力，讓自己的意志力集中，果然眞的可以稍爲站立。望向太太充滿鼓勵的眼神，依賴著她的支持，我努力一步一步地向前走。

已經忘了多久沒到沙灘了。看著白色的浪花在深藍色的海裡若隱若現，好像是無數的小魚在海裡追逐，眞好看。

往日夏天，我經常和太太兩個人騎腳踏車在這一帶的沙灘欣賞溫哥華的絕美風景，從心裡感謝命運安排我們搬到這個城市定居。對岸的山峰還有白雪覆蓋著頂部。

右邊山上的那一片白雪地，不就是冬季我們常去的Grouse Mountain嗎？然而更多的時候我愛去左邊的Cypress Bowl雪山滑雪。這兩個滑雪場地離市區才不過半小時左右的車程，委實方便。

腳很癢太想滑雪的那一天，我們總會在下班後匆匆驅車上山。晚上滑雪跟白天滑雪是全然不同的滋味，但同樣精采。當然，這兩個滑雪場絕對比不上 Whistler 和 Blackcomb。啊！那才是滑雪者樂園呢！偌大的兩座雪山，去到高處，樹木也消失，只剩下連綿山脈，讓我們四處滑遊。早上曉嵐未清，雪地上不帶一絲痕跡，那種誤闖仙境，那種氣氛，你看過的話必定會明

白爲什麼雪山如此引人。滑到四野無人之處，寧靜中只聽到我們的呼吸聲，我們會大喊：「整個世界都是我們的！」之類的狂言亂語。

豈有豪情似舊時。

那些美好的日子，不再有。

那一年的雪季，我滑了三十天雪，也沾沾自喜了好一陣。回想起來，我過去的日子過得實在不賴。

奇怪，今天的我好像能夠想起很多昔日舊事；只是表達能力卻沒有恢復，只能夠孤獨而沉默地回憶，時而滲入絲絲甜蜜。

去過了沙灘之後，我們似乎還到過一個喝茶的地方，但我不能肯定。這部份的回憶溜走了。

縱然是偶然一次，我也心滿意足於今天的一切。畢竟，要太太帶著我這個身軀龐大卻行動笨拙的病人往外跑，著實是件不容易而且充滿危機的行動。但她做到了。

太太，感謝妳，也佩服妳。

剛剛在嘗試入睡，太太跑來問我的**結婚戒指**放到哪兒去？

什麼是結婚戒指？我有嗎？

呆呆看著太太的我，不知如何反應。

她表現得異常焦急：「Alan，會不會在沙灘的時候丟了？我也許要折返沙灘去把你的那一個結婚戒指找回來。」

究竟那是一樣什麼東西，能夠讓太太這樣慌張？

腦袋空空，思想在漫遊。

想著想著，太太急急走到我的身旁，緊緊擁抱著我：「Alan，你什麼時候把結婚戒指藏在肥皂盒內？真頑皮。啊！太好了，我們的結婚戒指仍然是一對。」

然後她又說：「唉，我真疏忽，原來連你的手指也瘦了這麼多，這戒指太大了。好不好讓我替你保管？」

太太把一個銀色的圈圈套在她左手的無名指上，那裡明明已經有一個一模一樣的圈圈，真搞不清她想什麼。

唉，親愛的太太，難道妳到現在還不明白，這世上沒有一樣東西是永恆的嗎？請妳趕緊學習「放手」，趕緊學習「捨得」。

因為，就連我，在不久之後，也將會在你的人生中慢慢地

消失……

玩一天算賺一天

　　無論人們怎樣努力安排各自的人生，依我看，有些事情卻不是由人去決定。

　　像Alan哥哥的病情，根本連醫生都無法估計病變的進展速度，難怪我聽到太太和她的朋友說，目前他們是過一天算一天。

　　這種人生態度很不錯，起碼每一天都會把想做的事做好，想說的話也盡情說出來，不用憋在心裡，不要留到明天。明天可不一定會出現的。

　　今天窗外的陽光照得耀目。

　　太太打算和Alan哥哥到外面玩。

　　天哪！太太吃了豹子膽嗎？Alan哥哥連站都不會站，太太你一個人要怎樣把他帶到外面去？

　　我開始冒汗。

　　不成，我還是跟著他們一起出門，要是有突發事件發生，起碼也多一個熊分擔。

奇妙的事情發生了。

Alan哥哥乖乖的讓太太把衣褲鞋襪、圍巾、大衣、帽子都一一穿戴整齊後，竟然自己站了起來！

他居然自己四平八穩地站了起來！

真令人難以置信。昨天他明明手軟腳軟，在太太的幫忙之下還是搖搖欲墜的模樣，現在卻換了另外一個人似的。

管他的！反正這個家經常出現不能用常理判斷的事，如今可以出去外面走走也是好事，不要懷疑了，出去玩要緊。

從來不知道沙灘可以這麼美！草地連接沙灘，沙灘連接大海，大海連接天空。對岸是連綿山脈；在溫哥華你要是迷路的話，只要看到山就知道那是北方。冬天雖然過去，山

頂還有積雪。另一邊卻看到不遠處的市中心大廈群，聽不到城市的喧鬧聲，只聽到海跟風的呢喃細語。

溫哥華這個城市真得天獨厚，住在這個城市的人們，你們知道自己有多幸福嗎？你們可曾好好兒欣賞大自然送給你們的禮物？

我們並排坐在沙灘沿岸的長木椅，陶醉得誰都沒有說話，溶入了這一片景色之中。

即使在陽光底下，稍坐一會兒，仍然感受到陣陣吹來的海風。春天畢竟還沒到。

太太問Alan哥哥要不要回家，他的答案卻嚇了我們一跳。他說：「不要回家！今天天氣這麼好，回家多沒意思。我們喝茶去！」

太太高興地笑了，把我們帶到了一間小巧的茶館喝下午茶。

這家茶館的糕點做得可口精緻，嘿嘿，從實招來，或多或少放了我愛吃的蜜糖吧！我們漂亮的心情一點都不輸那個午後的陽光。

時間流逝，我也不知道出來了有多久。Alan哥哥的身體開

始不聽話，小心，馬達要開動了。無時無刻不停地注意 Alan 哥哥一舉一動的太太，當然也發覺了有點兒不對勁。

太遲了！

嘩啦啦！

Alan 哥哥的手把放在桌上的杯子通通掃了下來。喔！把我的蜜糖也打翻了，浪費呀！

太太不慌不忙地替 Alan 哥哥把手擦乾淨，還安慰他不用害怕不用擔心。

我聽到太太向服務生提議賠償店裡的損失但被婉拒了；這間茶館還真有人情味！

Alan 哥哥，你累了吧？看來，今天的豐富行程也該到了結束的時候。

來，讓我們一起回家吧！

這一天你也遊玩了大半天，算是有賺的啦！

職業病發作

　　追溯不到是從什麼時候開始的，也不知道為了什麼緣故，我們的家採取了二十四小時開放制。每一天都有不同的人出入：親友護士社工醫生義工營養師家務助理……數也數不完。

　　我沒有忘掉禮儀，總是和每一個進門的客人握手，請他們坐下。我不是假裝禮貌，而是真心高興有人探訪。在一旁的太太常常被我的優雅舉動逗得笑了起來，特別是看到客人不知所措的表情的時候。

　　有些面孔**似曾相識**，就像今天來看我的一位先生。一時間我沒想起他是誰，但先握個手行個禮準沒錯。

　　啊，對了，我想起來了，他是我的家庭醫生，**H醫生**！幸虧有他，我才能夠很快被安排到醫院做檢查。他是個細心愛心耐心俱備的醫生。你看，目前我因身體狀況不能夠去他的診所，他就親自到我家來看望我。能遇到有醫德的醫生，是我的幸運。

　　來我們家的人，有很多我不太確定他們是誰跟誰。可是其中一位我對她特別有印象。她很年輕，美麗，大方，每次來我

們家的時候，她都打扮得漂亮整齊，還擦了淡淡的香水。

可憐太太為了照顧我，把時間都用在我身上，一向愛打扮的她多久沒塗她喜愛的I.M.香水了？

這位偶爾來探望我的女士有時候看書陪我，或者輕聲陪我聊天。只是她沒辦法聽懂我講的話。沒關係，有人願意聽就足夠了。可惜她不常來，那是唯一的遺憾。誰也不介意有一位像她這麼溫柔善良的同伴一起渡過似乎停滯不動的日子。

現在，剛進門來的這位女士（是B.B. Ray教我的，他說這樣稱呼比較不會出錯），我一眼就知道她是來應徵做部門總管的。

我向太太比畫一下，拿到了紙筆。

我一本正經，開始給她一個面試的機會。

太太一邊笑一邊阻止。

What?
You'd like to
interview me?

Yes.

放心吧，太太，我接見過無數的求職者，決不會故意爲難這位女士。

　　我開始很有條理的提出問題，可惱的是這位求職者不太懂得禮儀，一直咧嘴笑著回答問題。這位女士！妳一點都不誠懇，被採用的機會不大哦！

　　算了，把面試資料記錄下來，其他的交給秘書辦。

　　秘書？我的秘書在那兒？糟糕，毫無疑問我又擺烏龍了。

　　求職女士一臉無奈，太太再也忍不住：「好了 Alan，現在已經很晚，不要玩了。這位是來整晚照顧你的夜班護士小姐，她現在要給你換睡衣。」

　　護士？我迷糊了。莫非職業病復發了？那一定是很久以前工作的一部分。

　　可以選擇的話，我寧願做一些很單純、讓別人高興的工作。

　　我把這些秘密都告訴了小熊。他有沒有告訴你呢？

讓別人高興的工作

　　她每隔一段日子就出現一次。而她的出現卻是太太失蹤的時候。我在猜，到底是不是太太假扮另外一個人來讓Alan哥哥高興高興。不，可能性不大，這位女士分明是外國人。他們叫她Ｋ女士，我調查不到她的年齡。十之八九的女人喜歡把年齡當作秘密，真好笑。

　　總之，Ｋ女士是一個不老的加拿大人。每次她都打扮得漂亮大方，身上還帶了淡淡的香氣到我們家來。我和Alan哥哥都好愛見到她，因為她不會問長問短，任由我們嘰哩咕嚕的交談也不笑我們，也不插嘴，只會微笑看著我們，有時候還輕輕拍拍我的頭，讓我的一頭短髮都沾上了香氣，好幾天都嗅得到，連作夢也香。

　　我跟Alan哥哥說，她可能聽得懂外星話，會不會是間諜？Alan哥哥笑我多心，哪有人喜歡聽我們之間的胡扯。

　　到底，她來我們家做什麼呢？這是她的工作嗎？太太要付多少費用才能請到這麼好的一位女士來聽我們哥兒們的秘密？

　　別管Ｋ女士，她聽得明白也好，最好她聽不明白，我們的

對話可不會因而中斷。談著談著，我和Alan哥哥的話題就轉到了工作。

　　我曉得每個人或多或少都必須工作，可別問我為什麼，這是大人定下來的規矩，彷彿不工作就不是人。於是，不少人為了看起來比較像個人，不得不找些事情來做，儘管那是他們極度討厭的事情，也死命去做，把自己的一生扣押在無趣的工作上，極度痛苦過一生。我真想知道為了什麼人們不好好找一些讓別人也讓自己高興的工作來做。或者，嘗試把一些無趣的工作想像成為好玩的事情，從沉悶中找新趣。日子反正要過，工作反正要做，要開心快樂的做事度日才划算嘛！

　　陸續領悟了不少Alan哥哥的外星話，我才知道，他本來在溫哥華市內著名的銀行工作。憑著聰明勤勞做事細心（這是我猜的），他很得到上司的器重；年紀輕輕的他已經做到頗高的職位（這是真的，我看到抽屜裡面他的名片喔）。

　　那時候的他，身穿筆挺的西裝，手提公事包的模樣，一定有夠酷。可是他偷偷告訴我，他那個名牌公事包內經常只放了一份三明治，其實沒有其他文件，聽得我拍手掌哈哈大笑。我也想有一個公事包來藏我的蜜糖呢！

　　意外地，他那份讓很多人羨慕的銀行工作，原來並不是

Alan 哥哥的首選。你相信嗎？他曾經想當諧星，他自認有這方面的天才。哇！害我差點把口裡的蜜糖全部噴出來。但這也不是不可能的，看到他常常讓太太笑得人仰馬翻，說不定他真有這方面的才華喔！

　　清了清喉嚨，他認真告訴我，要是可以再重新選擇的話，他寧願到市內沿岸一個著名的沙灘勝地去賣冰淇淋。

　　什麼？賣冰淇淋？

「B.B. Ray，你什麼時候見到有人哭喪著臉吃冰淇淋呢？這門生意，買的人高興，賣的人開心，大家都歡喜。更何況賣不完，還可以慢慢的留給自己和家人朋友享受美味可口的冰淇淋，多好。」

「話是這樣說沒錯，可是冬天怎辦？冬天沒那麼多人吃冰淇淋吧？」

「冬天把攤子收一收，掛上『暫停營業，明年請早』的牌子；離開沙灘，直衝向雪山改行做滑雪教練。反正我那麼愛滑雪，我要帶著從來沒試過被雪山四面環繞、初次滑雪的人們去到高山上，體會大自然的奇妙。哈哈，這樣整個冬季都不用離開雪山，多痛快！」

說著說著，輕拂著我一頭短髮的手變的更輕柔了，Alan哥哥的臉上漸漸露出嚮往的神情；我彷彿看到雪花在他的眼中飄了下來，變成了點點滴滴甜美可口的冰淇淋。啊！他讓我相信，賣冰淇淋和教滑雪都是非常不錯的工作。

Alan哥哥，你的夢想什麼時候能實現？我可以做你的助手嗎？

我想請問，到底有多少人在做自己真心喜愛的工作呢？

請給我一個答案

　　人生需要面對的事何其多。難怪多少人感嘆說人生不如意事常八九。要是沒有人分擔煩惱，人生不如意事，豈止八九。

　　總括來講，男人話不多，也不敢講太多；不像一般女人都有幾個姊妹淘共聚談心事，大家輪流執行心理醫生的職責。對男人而言，總覺得那是婆婆媽媽的行為。一幫男人經常聚集，旁人也許覺得他們在想鬼點子，反正不會有什麼好事。男人只好回家跟太太交心。

　　照我看，如果連自己最親愛的太太都不能清心直說，無話不談，那委實太可憐，遲早會慼死。以往的我，可以和太太談任何事情，她是我最好的朋友。現在的我，失去了和太太直接溝通的能力，很多時候滿肚子的話只能夠告訴小熊，害我這位新朋友應接不暇，可憐他才這麼小。

　　可見，能溝通的朋友，絕對不會受到年齡、國籍或其他的限制。

　　有時候，我隱約記得我曾經在一家著名的銀行服務，職位還相當不錯；可是前幾天，我一下子卻相信自己是個大學生，

還向太太討兩個小時做報告。太太不慌不忙告訴我，大學休假，不用趕著交報告，我才定下心來。

可是，奇怪了，今天我的感覺告訴自己是個小學生，不斷追問太太我那位仍在襁褓中的弟弟在哪兒？太太說，外婆帶弟弟出去了，要我在家乖乖地等。我這才不再追問下去。太太像個通天曉，沒有事逃得過她的慧眼。小學生居然有個「太太」，那感覺好難形容，連我都莫名其妙。

可是像我這樣子，一天一天往回頭路走，說不定那一天打回原型變成剛出生的嬰兒，這可不是鬧著玩的事。等會兒有空記得跟B.B. Ray討論一下。比東方快車還要厲害，這是一輛只有我一個乘客，專門開往過去的列車；我正穿越時光隧道，隨著隆隆的車聲，慢慢往來時路的方向開去。

你看，事情降臨到自己身上的時候，我們往往有雙重標準。

我不想這樣往回跑，我想棄車而逃。我多希望有能力改變目前的情況。真的想知道，到了像我這樣階段的病人，是否應該堅持保留生命，把生存的時間一再延長？當然，我絕對認為生命是極之寶貴的東西，不可隨意捨棄。然而生離死別終究是極之痛苦的事情。看著自己心愛的人為了照顧自己而日漸消

瘦，也明知她付出的愛將沒有回報，結果仍然不會變，我還是會在一段短時期後捨她而去。

我把哀傷收藏起來，不讓別人知道。

我該怎樣看待我這個苟延殘喘的軀殼？

這種什麼都做不了主的人生，你覺得我會喜歡嗎？

我甚至連自殺也需要別人幫忙，如果對方明白我的意思的話。那只是開玩笑，我絕對不主張把自己的生命結束。人類是屬於大自然的一部份，應該隨著天然韻律自然生自然歿；幾時看過有哪些動物植物會突然把生命自行了斷？

也許，我只能**靜靜等候**該發生的事自然發生。

B.B. Ray，一向鬼點子很多的你，可以提供意見嗎？能夠告訴我該怎樣做才對嗎？

噢，對不起，我不應該把這個連很多大人都不願意提及的問題交給你，我忘了你不過在唸幼稚園。我忘了你不過是個玩具熊。

我想我是急瘋了。原諒我，小熊。

請別問我，我不知該如何回答

　　我和 Alan 哥哥的談話內容，開始有點意思，愈來愈不一樣。我們起初談一些有的沒的，然後，從他和太太的愛情、他的興趣、他的工作，一直談到了他的人生。

　　還沒生病的 Alan 哥哥原來和太太十分恩愛，是朋友眼中的「天作之合」模範。我懷疑是 Alan 哥哥配合著太太的時候比較多。如果 Alan 哥哥沒編故事哄我的話，他簡直有資格寫一本書教其他的丈夫如何去愛他們的太太。

　　我聽了 Alan 哥哥繪聲繪影描述他們夫婦相處的妙論，笑得肚子好痛。唉，難怪太太這樣死心塌地盡忠職守愛著他。這些故事，改天有機會慢慢告訴你。

　　至於工作，就算是多忙多累，Alan 哥哥總有辦法把興趣溶入工作中。譬如說，他早上進辦公室，第一件做的事理所當然是看早報。大家都以為他一定在看金融情報，永遠不能聯想他那煞有介事的表情其實在看娛樂版！Alan 哥哥就用無聊八卦新聞來開始一天繁忙的工作！你問他，他也會直認不諱，不會裝模作樣。不過，娛樂八卦只不過用來跟朋友閒談，並不是他的

興趣。下班後他更叫我佩服。Alan哥哥腦袋裝了時間設定，過了工作時間他甚少提公司的事。偶爾和太太討論一次半次，但一般來講他下班後把私人時間通通留給自己和家人朋友，不再受工作的煩惱困擾。

所以他從來不討厭也不抱怨工作，他的確是那種勤勞工作努力玩的人。

這樣看來，Alan哥哥到目前的人生過程相當精采和美滿。他一直做著很多很多自己真正喜歡的事情。除了當諧星、賣冰淇淋和教滑雪還沒做到之外，似乎沒有什麼重大遺憾。我真羨慕。

今天，他卻排山倒海問了我一連串問題。

「B.B. Ray，生存，是不是只要留著一口氣也是有意義的？請告訴我那意義何在？事無大小都要別人幫忙，對於身邊的人豈不是一種負累？我該怎樣看待我這個苟延殘喘的軀殼？這種什麼都做不了主的人生，你覺得我會喜歡嗎？B.B. Ray，能不能告訴我該怎樣做才對？」

Alan哥，對我來講，今天你的問題個個都是很嚴肅、很重要、很大的問題。我雖然見過不少場面，也算是智慧型的玩具熊，抱歉，我實在沒辦法背負你提問的一切。

或許人生沒有所謂標準。每個人走的路不同，遇到的事情那麼不同，該如何衡量？每個人只能夠按照自己的想法處理自己的人生。有人冀求充滿意義的人生。有人活一天算一天。有人希望大富大貴。有人深懂平凡是福。每個人的選擇不同，人生每天都充滿了選擇。每一個人需要學習尊重他人的選擇，不必批評不必判斷。同樣地，每一個人也都該維護自己的選擇，不要為他人而改變自己的人生。

　　對一個玩具熊來講，人生，不就是高高興興過平凡日子就好了嗎？然而，眼前的 Alan 哥哥偏偏連這樣一個簡單的要求都辦不到……人生，唉，人生！

　　看了看眼神充滿熱切期待答案的 Alan 哥哥，我的喉嚨開始有點哽咽，緊繃繃的；囁嚅著，我不知道該從何說起。

該是到安寧病房的時候了

　　無助感與日俱增。

　　我開始有點兒厭倦目前的人生。

　　對於眼前的一切，我繼續徘徊於瞭解與不懂之間，偏偏沒有辦法用言語表達，或是用行動執行。

　　這真是一種折磨。

　　像我這樣子的病人，實在不容易應付。而親愛的太太，卻一直有說有笑、有問有答、有聲有色地應對著我。換了是別的女人，可能早被嚇昏了，說不定棄甲潛逃。

　　聽說現實中有不少人都會離棄病重的親友，只因為無法承擔如此沉重的心理上和精神上的負擔。

　　對待生病的人，除了要有耐心，還要學習保持適度的幽默感，用輕鬆的手法處理緊張的情況，往往有意想不到的良好效果，讓病人和他們的親友比較容易度過困難的時期。

　　只可惜，很多人面臨家人患了絕症，早已心煩意亂，盡往壞處想，哪裡還笑得出來，隨手把幽默感都丟到天邊去了，於是一家人神經兮兮，脾氣一觸即發，對整件事不但沒有幫助，

反而多出一份壓力。

　　我喜歡太太採用的正面而帶點傻氣的方式，儘量用搞笑的手法應付我的病情，就算內心有多疼痛，也沒有在我面前表現沮喪。她讓我們每日即使在病魔的陰影下偷取時間過日子，也活出了一片彩虹，半丁點兒也沒有浪費我剩餘無幾的人生。

　　最近，我尿道功能退化的情況越見嚴重。

　　常常，我覺得我的小腹像是塞進了一個足球，漲鼓鼓像個懷孕的女人，連一向鎮定的太太也嚇了一跳。原來大肚子一點也不好受，太感激媽媽十月懷胎把我生下來，向普天下的母親們致敬！

　　唉，半夜三更緊急把護士請到家來給我排尿，你說多不好意思。插管子排尿的滋味當然難受，可是為了不讓太太擔心，我表現了男子漢本色，沒吭一聲。比起以後太太將來面臨的各種痛苦，我這點小苦頭，又算是什麼。

　　更糟的事情是，大部份情形下，我漸漸聽不明白太太講的話，遑論其他人講的話。沒多久，太太再也不能夠獨力照顧我了。

　　一個身高一八八的超大嬰兒，哪個女人抱得起？

　　縱然是千般不願意，也到了該走這一步的時候。

「梅伊之家」(May's Place) 將會是我人生的終結站。

「梅伊之家」是一所「安寧療護所」(hospice)。「安寧療護所」和醫院不同。醫院是病人求醫接受治療的地方，病人復元後會出院。而「安寧療護所」是安寧病院，沒有醫療設備，不打算搶救病人，況且入住的人都是患上了不治之症的病人。

「安寧療護所」可說是爲臨終病人而設的地方。基本上，我要去得這家安寧病院的設施是一個溫暖的家——客廳設有壁爐，點起了熊熊的火；飯廳

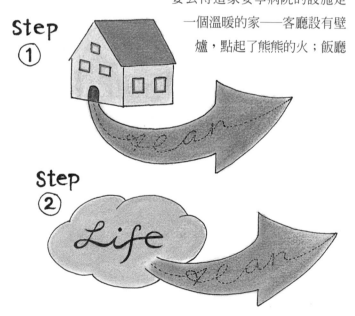

和廚房都寬敞；至於病房，僅僅六間而已。此外還有一間吸菸房。你沒聽錯，那是為了喜歡抽菸的病人和家屬而設。抽菸對身體不好大家都知道，可是對那些患了絕症的人來說，難道還害怕生肺癌嗎？我不抽菸，也不鼓勵抽菸，可是我贊同這家療護所的宗旨：**尊重病人**。

被送入「梅伊之家」的第一天，護士長特別延長工作時間陪我們。她建議太太回家休息，並保證會安排義工整夜看守著我。

這樣做，是為了讓太太學習如何在日常生活中失去了我。因為，下一步，太太將要學習如何在她未來的人生之中失去了我。

親愛的太太，我知道你是一個勇敢的女人，可是，你真的可以承受這麼沈重的人生嗎？沒有我在身邊的日子，妳支持得來嗎？

請讓我永遠停留在妳的**心房**，陪著你守護著妳，好嗎？

我們要搬家了嗎？

我愈來愈喜歡這個溫馨愉快的家。

這些日子以來，每天都有不同的護士、家務助理、朋友和親人來探訪，使得生活起了變化。

我的好朋友Alan哥哥，剛剛拉著我的雙手在床上跳舞，逗得昨天晚上陪伴了我們一整晚的家務助理哈哈大笑。

加拿大的醫療制度要改善的地方多的是，但是，這裡的公民可以接受一連串的免費醫療服務。據我所知，Alan哥哥生病以來，除了藥物以及各類型的身體檢查都是完全免費之外，連每隔一天便出現的護士和家務助理，都用不著付一分一毫。家裡有長期病人的家庭，起碼可以免去一份經濟擔憂。不知其他的國家是不是也有這樣的醫療制度？

近日縝密觀察所得，Alan哥哥的病情是「每況愈下」。連一向表現樂觀的太太也有點兒憂慮。Alan哥哥經常有些奇怪的拉扯舉動，像是被附了身一樣。前些日子，要是太太勸他停下來，他還願意停下。可是這幾天他似乎再也不明白太太講的話，繼續猛力拉扯自己的衣服或伸手可及的東西。好幾次我都

捏了一把汗，差點被他扯脫我的熊皮。

而且，我好幾次目睹 Alan 哥哥變成了大肚男人。不，不是喝了太多啤酒的那種大肚男；是像肚子裡裝了一個小 baby 的那種大肚子呢！護士通常很快就來到我們家，把細長的管子插進 Alan 哥哥的身體內，說是替他「排尿」。

勇敢的 Alan 哥哥連哼都沒哼一聲，我在一旁也哼都沒哼一聲，因為嚇得沒聲音。

管子插進哪部份？開玩笑，我那敢看得仔細。

今天早上，太太接了一通電話之後，神情凝重，拉著 Alan 哥哥的手說：「Alan，剛才梅伊之家通知了我，目前有一個房間可以讓你住。那兒是另一個家，我陪你一起搬去，好不好？你要是住上了一、兩天都不喜歡的話，我們再搬回自己家裡，好不好？」

我看到淚珠在太太眼中滾動，她面容淒滄卻仍帶著一個不失溫和的微笑。人類的情感表達方式極其複雜，我不能完全理解。

可愛的 Alan 哥哥專心聽了太太的話，堅定地把頭重重點了兩下。

太太眼中的淚珠，再也管不住，隨

著 Alan 哥哥的兩下點頭，就像斷了線的水晶項鏈似的一顆顆掉落在太太的臉頰上。

　　Alan 哥哥，你明白太太所說的話的意思嗎？我們今天真的要搬家了嗎？

　　不就是搬家而已，太太為了什麼哭泣？

　　等一下，讓我也趕快去收拾行李。我不想離開 Alan 哥哥，我要陪在他的身邊，繼續支持這位好朋友。

　　梅伊之家，那到底是一個什麼地方？是不是到了那裡，Alan 哥哥便會好起來？我們將會在那個地方住多久呢？

Let's go.
I'm ready.

40cm

BB RAY

55 cm　　23 cm

Standard size of a
Hand - carry.

Let It Be

我很喜歡梅伊之家。

這裡的工作人員無論是醫護人員或義務工作者，都很真心地為入院的病人和家屬服務。病人的要求多半辦得到。

有些還能夠走動的病人，會由義工陪著到附近的公園散步；另外一些病人還會請假回家，過不了幾天又回到院裡來住。一切都依照病人的意願。半夜兩點多，傳來陣陣巧克力餅乾的香味。原來鄰房的病人想吃現烤餅乾，所以當值的護士充當起製餅師傅。神奇吧？

「安寧療護」的理念，提倡的是人的一生到了盡頭時候，應該被好好照顧；假如有一個人沒有好好地過一生，至少他的死亡是應在有尊嚴的情況下被迎接。所以，這裡的病人，不分職業，不論貧富，都可以安排住院，只是，才那麼六張病床，等候病床的病人有些要等好久才能進來，有些更錯過了機會，真可惜。

我呢，因為特殊的病，而且情況大大不妙，才幸運地有優先權。呸呸呸，進病院還為了有優先權而覺得幸運，這一種論

調，也許東方人比較難以理解。人還好端端的，談什麼死亡。到了人病起來，那更不能提及死亡，多麼不吉利啊！

到底，我們談不談死亡這件事情？

死亡，的確是嚴肅的事情，可是用不著避而不談；因為死亡確實存在，不會因為不提及就變得不存在。相反地，坦然討論如何面對死亡，很可能是比較正面的做法。尤其即將離世的人能多談一些和自己有關的事，總比談一些無關痛癢的事好吧？

死亡，應該要有尊嚴。

鄰房的病人說他才不擔心能不能到天堂，因為他已經身在天堂了。

今天也是陽光普照的一天。

春天快到了吧。

太太一直在身邊陪著我，Raxon的原主人J女士也來了。

客廳裡不知道誰在撥動吉他的弦線，清脆的音樂聲引起了我的注意。我用笨拙的動作示意想往房外跑，太太會意了，把坐在很舒服的輪椅上的我往客廳裡推。

抱著吉他唱出優美樂曲的人，是音樂治療師W小姐。

太太一向愛唱歌，也就配合著W小姐，一首一首經典歌曲輕輕唱出來。

Let It Be

By Paul McCartney

When I find myself in times of trouble
Mother Mary comes to me
Speaking words of wisdom, let it be.
And in my hour of darkness
She is standing right in front of me
Speaking words of wisdom, let it be.
Let it be, let it be, let it be
Whisper words of wisdom, let it be.

And when the broken hearted people
Living in the world agree,
There will be an answer, let it be.
For though they may be parted there is
Still a chance that they will see
There will be an answer, let it be.
Let it be, let it be, let it be
There will be an answer, let it be.

And when the night is cloudy,
There is still a light that shines on me,
Shine on until tomorrow, let it be.
I wake up to the sound of music
Mother Mary comes to me
Speaking words of wisdom, let it be.
Let it be, let it be, let it
There will be an answer, let it be.

聽著聽著，哦，這一首歌我也會唱哩！這一首是 The Beatles 披頭四的〈Let It Be〉。

　　請不要問我怎樣做到，只知道不用看曲譜，也不用看歌詞，我，一個記憶幾乎盡失，語言力和行動力幾乎接近零的病人，居然面不紅心不慌，把整首的〈Let It Be〉完完整整唱了出來！不信，你可以去問我太太。我肯定此生她永遠不會忘記這一天；我也相信在那一瞬間，她希望可以把時間急速地凍結起來，存放在記憶的冰庫之中，然後，在日後想念我的時候，把這一天慢慢解凍，讓她可以再次沈醉於這段美妙的時刻。

　　太太，你知道嗎？這一天，只是我為你準備的別離禮物的一小部份而已。這一首歌，我懇請你好好地記著。就像電台 DJ 常說的話：「請留意歌詞。」

　　我非常同意〈Let It Be〉的歌詞：「一切自有其因由，隨它去吧！」

　　讓一切應該發生的事發生吧！雖然那一天，你深情地對我說，只要我想支持下去的話，你絕對不會離棄我，你願意一輩子守候著我……除了感動和感激，我無言以對。

　　太太，還是讓一切應該發生的事發生吧！

好地方

　　我跟著 Alan 哥哥搬進「梅伊之家」已經兩天了。Alan 哥哥的房間有一扇窗，躺在床上可以清楚看到北面的雪山。那個雪山正是 Grouse Mountain，他曾經去過那兒滑雪哩！

　　我們的新家不錯，我想 Alan 哥哥也會喜歡這房間。問題是，我們會在這兒住上多久呢？

　　這個地方真有趣，來住的病人都可以把自己喜愛的傢俱雜物搬到病房內，佈置成自己的家一樣，夠神了吧？

　　半夜不知道從哪裡傳來陣陣香氣，害我心緒不寧睡不好。那香味充滿蜜糖的呼喚，不得不起來偵查；隨著香氣走，才發現一大盤剛剛烤好的巧克力餅乾早已放在廚房的桌上。哇！這地方太讓人驚喜了！

　　在這裡工作的人個個都很友善，也對 Alan 哥哥很照顧。只不過，Alan 哥哥已經到了無欲無求的階段：他什麼

Chocolate Chips Cookies

也不吃，什麼也不喝，連我慷慨請他吃的蜜糖碰也沒碰。

看著他，我心裡也變酸酸的。Alan 哥哥你這樣會一直瘦下去，不行的！求你吃點東西好嗎？

他不理我。

不過，Alan 哥哥可以在這兒住下來，太太也不用那麼累。

要知道，Alan 哥哥一直沒有睡，太太幾乎是全天候侍候他，說有多疲累便多疲累。但從太太的神情看來卻半點兒也沒有感覺她不耐煩，反而一直都把 Alan 哥哥打扮得清爽乾淨，沒有患病的病人難聞氣味。這，也是對病人的基本尊重吧？

記得當初太太四處奔波想找個好地方給 Alan 哥哥住。所謂好地方，是希望病院的四周環境優美，病院的設備新式。可是那些病院卻不能接受 Alan 哥哥這類病人，因為他的病情複雜難以應付。這些病院環境是很美觀沒錯，地點也很好，可就是不能接納像 Alan 哥哥這類需要全天候全面照顧的病人。

一直到太太見過了梅伊之家的護士長 T 女士，深深被她的真誠打動。這才發現，原來，所謂的好地方，不一定是在乎外在環境因素，人，才是最重要的。你想想，當人生病的時候，為什麼仍然要那樣計較身份和地位呢？貧窮的人會生病，富有的人也會生病，在病魔面前，不也是人人平等嗎？梅伊之家位

於市內唐人區鄰近，一個算是比較複雜的地區，附近還有精神病人復康中心；是平時一般人不會在那邊隨意逛的地區。為了這個原因太太遲疑了很久，不想 Alan 哥哥住到這兒來。現在她想通了，不再計較表面的、外在的環境因素，終於把 Alan 哥哥送到這個尊重死亡的安寧病院，以梅伊之家為 Alan 哥哥的終站。我相信 Alan 哥哥也同樣滿意太太的抉擇。

你看，他們一群人，坐在午後暖洋洋陽光浸透著的客廳之中，樂融融地一首接一首唱著歌，融洽而且溫馨的感覺瀰漫在空氣之中，讓我這小熊也很有感覺起來，於是，眼角也閃動了一滴淚光。

哎唷！我沒聽錯吧？

Alan 哥哥在開腔唱歌，而且唱的是英文歌哩！他的歌聲原來這樣動人，真沒想到。

且慢！

Alan 哥哥已經有千萬年沒有開口講話，嘴巴幾乎結了蜘蛛網的他，今天是怎麼了？

是因為午後的陽光太好？

是因為他實在憋了太久？

還是他在憑歌寄意？

如果明天我還在……

　　輕柔的音樂聲飄蕩在空氣中。

　　這一首是我和太太共同的歌曲。日本著名的爵士樂大師渡邊貞夫的〈如果明天我還在〉(If I'm still around tomorrow)，不但薩克斯風吹奏出色，樂曲優美，歌詞也很浪漫感人。現在終於明白我們為何從初相識便選擇了這首歌。

　　我知道，如果明天我人還在的話，太太仍然會是我的太太，我依然會是她最愛的人。

　　思緒隨著音樂聲飄回到很久以前的一個週末午後。

　　那是一段平常但極度愉快的婚姻生活中的某一天。我和太太一起做家事，有一句沒一句的閒聊。我們從來沒擔心過缺少話題，兩個人總有講不完的話。

　　太太突然拋出這樣一個問題：「Alan 先生（她很愛這樣稱呼我），如果有一天我們同時在意外中死去，萬事皆休，我完全沒問題。可是，要是我們當中有一個人不得不先走，譬如說我比你早死的話，你能告訴我，你將會怎樣做呢？」

　　我這位太太，可能是因為做設計師的緣故，經常充滿古古

怪怪的念頭，我也見怪不怪。當下，連眉毛也不揚一下，我實話實說：「太太，要是妳比我先走的話，我還是會快快樂樂的生活下去。」

聽到我的答案，太太把手上的工作停了下來，給我一個擁抱。她滿意地笑著說：「Alan 先生，那真的太好了，因為我也是這樣想法。那我沒什麼需要擔心的了。」

當年的笑語，成為如今的痛苦事實。

對不起，親愛的太太，看來這趟我真的可能要比妳早一步走，希望妳不會介意，也希望妳可以擁抱那一個午後的信念，為了我，為了自己，快樂的生活下去。

請求你。

蠟燭已經燃起來了。

是為了減輕死亡的味道嗎？

在燭光的掩影中，在樂聲的覆蓋下，我的身體愈來愈虛弱疲累。

靈魂掙扎著要和肉體分家，精神卻呼喊著勸我能夠多留一天就留一天。

並非我眷戀塵世，只因為我有還沒完成的重要任務在身。

今天，感覺好漫長，好漫長。

🐻 Alan 哥哥，加油！

昨天還高興地唱起歌來的 Alan 哥哥，今天他的態度來了個三百六十度明顯改變。他不再跟我講話，不愛跟我玩。他討厭我了嗎？莫非他也是變心一族？

不管，我還是要黏著他。

Alan 哥哥抱住我的手，愈來愈像缺水乾枯了的樹枝，瘦瘦乾乾硬硬，怪不舒服的。可是我不會因此而嫌棄他。

而且，奇怪，還沒到夏天，他的身體卻好像安裝了冷氣系統，漸漸冰涼起來。還好我一直都穿起我的熊皮大衣，才不怕被寒氣凍著。可是他的額頭卻佈滿黃豆大的汗珠，就像是剛剛從三溫暖出來的樣子。

難以判斷。

Alan 哥哥，你到底是冷，還是熱呢？

太太也看到 Alan 哥哥情況的改變，寸步不離他的床邊。她把一首歌曲重複播放了再播放，悠揚帶點哀怨的音樂填滿了病房的每個角落。

不少朋友陸陸續續前來探望 Alan 哥哥。

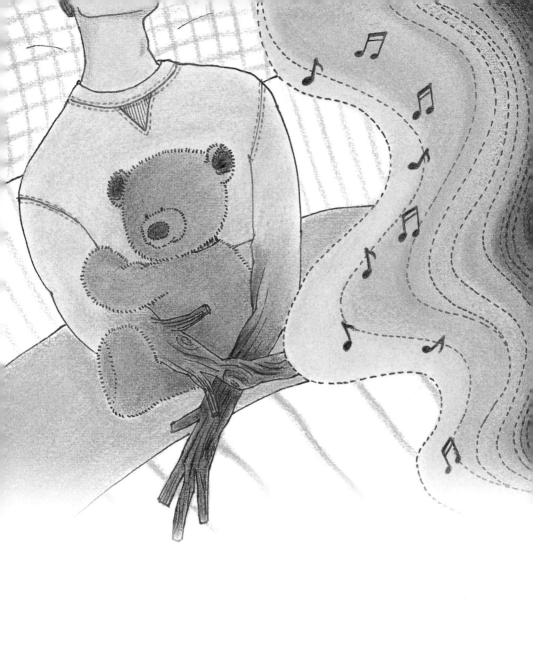

一位太太的日籍好朋友Y女士帶了親手做的饅頭點心來給大家吃。

Alan哥哥和太太到底給了朋友們什麼好處？一定有偷放「兩肋插刀義不容辭」藥，要不然，他們的朋友怎麼都那麼細心周到，一路支持他們。也幸虧有這樣一幫朋友，太太才能夠撐到現在。

雖然有很好聽的音樂在空氣中流動，有很幽香的蠟燭在點燃，有可口的日式點心作下午茶，可是憑著我動物的本能，這看來輕鬆平靜的氣氛下，遮蓋不了一種危機的感覺。

太太還是太太，依舊和朋友們談笑風生，時而大笑，時而落淚，完全沒有掩飾自己的情緒。她還寫了點東西，說是答應了人家不得不做的事。太太不是應該只帶著傷心欲絕的表情嗎？她不怕被其他人批評嗎？

好納悶。好擔心。

最好可以向鐵扇公主借她那把芭蕉扇，搧一下，把這種壓得我的心一直往下沉的悶氣撥開；再搧一下，送一片喜馬拉雅山的清風進來。

請讓我多留一天

感覺到呼吸很困難。

有好幾次呼出了一口氣之後，身體所有機能完全停頓了十來秒鐘。

體內的溫度不斷上昇，令我滿頭大汗，奇怪的是手和腳卻變得冷冰冰。

我感覺到身體在一吋一吋地、由下而上變得冰冷和僵硬。

我想，我活不過這一天。

太太和好朋友們都來向我話別。

語言，已經不再需要。我**完全明白**每一個人的心裡話。

眼淚，從我眼中緩緩流下臉頰，沾濕了枕頭套，也沾濕了我的心。

滿面**淚痕**但仍然保持**微笑**的太太，開始用心語和我交談。其實我們該談的早都談好了。

回想起我被判定得到了這個絕症的那一天，回到家關上了臥室的門，太太和我輕聲討論我們的人生難題。她擔心我把一切都憋在心內難受，想要分擔我的重擔。我本是男兒有淚不輕

彈。至此，眼中也閃了一下淚光：「我才不過三十五歲，就這樣子死了，真有點不甘心，不能繼續和妳過這些美好的日子。」

太太溫柔笑了一下：「Alan 先生，人生不外生與死，據我所知，到目前為止，你的人生比一般人過得精采得多。無論事業、家庭、愛情、甚至玩樂，你所得到的都是最好的。問題是，誰又可以保證你以後的三十五年會活得和現在一樣，甚至活得比以前精采？對嗎？」

我想了想，覺得她說得也有道理，不是說生命不在於長短，只在乎精采嗎？其實我不應該再有任何抱怨了。

拉著我的雙手，太太還說：「小心聽好，Alan 先生，我不管你將會面對怎樣的遭遇，我一定會留在你身旁一直守候你。請別以為你這一次的離開是一個終結，這個只是今生的事，我答應你，要是有來生我還是要找你，我一定會把你認出來，我們還會再見，還是會在一起。」

看著一口氣把話說完的嬌小的太太，我喃喃的不停說：「謝謝妳！謝謝妳！」

接下來，我們一起仔細安排兩個人的遺囑內容，也同意了在我死亡之後接受解剖，讓醫學界可以有更多的資料研究 FFI 這個病。

我還告訴太太，如果發生了意外請不要搶救我，讓我平靜地舒服地走；可憐的她卻必需要簽署一份同意書，那該是一件不好受的事情吧！

就這樣，在那一次的對話之中，我們冷靜、平和、坦然地面對人世間的悲歡離合生離死別。末了，我們緊緊地相擁，恨不得可以溶化入對方的身體之中。傻氣的太太向我許下諾言，此生不再結婚。我憐愛地捧著她的臉，深深地吻下去。

而現在這一刻，我必須和死神談判。因為，明天摯愛的媽媽和妹妹將會趕來見我最後一面，我不想讓他們失望。

我知道，只要把呼吸控制，精神自然會教靈魂和肉體講和。

拜託，請你們多給我一點時間，把該做的都做好，直到不得不走的時候，我會順從大自然的呼喚。

今天，我會用盡氣力把呼吸調節好，也讓身體暖和起來。

小熊也乖巧的替我把身體擦暖，他真是個盡心盡力的好朋友。

媽媽，妹妹，我會平靜的等到你們來，跟你們好好道別。放心吧，媽媽，我一定會等到妳出現才和死神上路去。

明天。我是否能夠見到明天的第一道陽光？

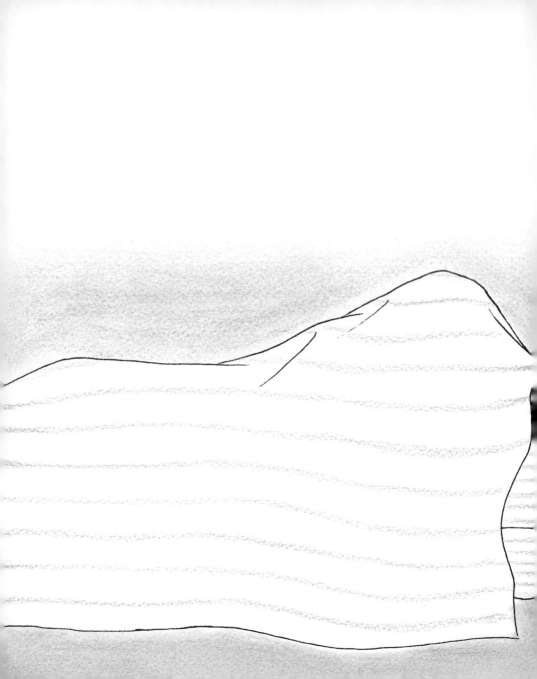

充滿疑惑的一天

今天我很傷心。

早上聽到護士小姐和太太悄悄地說，Alan哥哥也許活不過這一天。

太太把房間的門掩上，含著淚的大眼睛情深款款地注視著躺在床上，呼吸很沈重的Alan哥哥。他們兩個人「相對無言，唯有淚千行」。我可以肯定他們正在進行一種秘密的交談方式，一種具有無比震撼力的心靈交流。

眼淚，自Alan哥哥的眼中慢慢地流下來。

太太親了親他的淚珠，又輕輕地撫摸著Alan哥哥的面頰。

原來，不是每個人的道別方式都相同。

太太的這種平和寧靜的道別方式，和那些呼天搶地嚎啕大哭的表達方式截然不同。說不上哪種方法是對是錯，事實上，這種表達內心深底處最悲痛的方式，又怎可能由旁人判別對錯呢？

接下來的一整天，陸陸續續來了很多親友，有嘉年華會一般的熱鬧，但沒有嘉年華會的喧嘩。

然後，太太到了下午才撥電話通知遠隔重洋的 Alan 媽媽。別忘了，這世界還真的有時差的哩！太太不想 Alan 哥哥的媽媽半夜三更接到壞消息，夜半無眠到天明的滋味絕不好受，所以耐心等到媽媽居住地的清晨，才把 Alan 哥哥的情況通知她。

　　時差這傢伙，阻手礙腳的，害得 Alan 哥的媽媽及妹妹要到了我們的明天才能夠抵達這兒。

　　明天？明天 Alan 哥哥還在嗎？

　　我偷偷鑽進被窩，查看 Alan 哥哥的身體狀況。

　　我的天！不得了，他的手指甲已經變成紫青色，而且身體自頸部以下都變得冷冰冰硬幫幫。奇怪的是他卻滿頭大汗。

　　好吧，讓我發揮好朋友互助的精神，努力用我身上軟軟的絨毛給你擦身，讓你的體溫不要一直往下降。

　　什麼？看不到我在努力？唉，難怪小王子的作者要把蛇吞象的插圖畫成 X 光透視圖。那麼，請看旁邊的圖你就清楚了吧！

　　Alan 哥哥，努力吧！加油吧！你的媽媽和妹妹都很想見上你一面的呀！

　　傍晚時分，太太和朋友們依舊陪著 Alan 哥哥談笑。

　　假如你那天晚上曾經經過房門口，一定以為病人康復了，

親友們在為他慶祝。你不會想像得到房內正在進行一場生死決鬥。

　　不一會兒，另外一位朋友Ｊ女士出現了。她自動提出值夜班，好讓太太今夜睡一下，那麼才有足夠的精神來應付未知的明天。

　　半夜我爬起來去尿尿的時候，看到太太睡得很香，而Ｊ女士拿著一本叫做《聖經》的書在低聲地說故事。Alan哥哥還是那副一臉認真的表情，他真的在聽嗎？

　　我再一次鑽進被窩做「臨檢」，也就是臨床檢查的意思。Alan哥哥的身體似乎沒有那麼冷了。他的手指甲也恢復了健康的粉紅顏色。就連他的呼吸也變得柔和起來。

　　這一切的變化，是因為小熊我的功勞？是《聖經》上的故事有療效？還是Alan哥哥病好了？

　　也許，是一些你我無法解釋的神奇力量。

最後的搖籃曲

　　原來，人生到了最後的階段是這麼一回事。

　　忽然整個世界都清晰明淨，像水晶一般通透。

　　任何事都不再用語言字句作解釋，萬物心領神會。

　　一切都那麼平和而寧靜，人世間的是非紛爭都化作了淡淡
煙雲。

　　見過了自遠方而來的媽媽和妹妹，以及所有來訪的親友，
我想，應該是謝幕的時候了。這一生，我應當做的事也做了，
可以大聲說一句：「我對今生無悔！」

　　每個人有每個人的時間，該走的不能留。

　　一直對我不離不棄的太太，在媽媽到達之後，總算肯回家
休息。臨走前，她到我的身邊說很快便會回來。也真難為她整
個早上不斷地看著時鐘看著我，深怕我一口氣提不回來，在媽
媽來之前斷了氣。

　　她憐惜地用心語告訴我，要是真的太累了，不能支撐下去
的話，請我不要勉強。太太寧願負上可能被責怪的責任，也不
希望我令自己痛苦。

太太，請別再背負這些不在你能力範圍以內的壓力了。事實上，你們大家已經很努力，讓我平安地走到了人生盡頭，這可不是件容易辦到的事啊！

晚上，太太又回到病房來了。

今夜的情況看來，沒辦法留太太在身邊了。

房間內只剩下我們兩個人。

太太平靜地閉上了眼，輕輕握著我的手，用心語問我想不想她留下來，想的話，只要我用手傳遞訊息，她會盡力爭取在今夜陪伴我。

等了好一會兒，太太親了我一下，深情地看著我，面帶微笑，用心語說：「不要緊的，Alan。媽媽老遠來看望你，是應該讓她多陪著你，而且媽媽真的很愛你，有她在你的身邊，我很放心。

「你要是太累必須今夜走的話，我期望你平安地離開，不要有痛苦。要是你仍然想多見我一眼的話，那麼，明天早上八點鐘我就出現，好不好？」

親愛的太太，不是我不愛你，也不是我故意要把妳推離我的身邊，尤其是在這一個最後的晚上。

就在今夜，我要作一個特別的安排。

我請摯愛的媽媽留在我身邊，和我一同守候死神的出現。而妳，回到家之後將會收到一份終生難忘的禮物。因為，稍後，我將會超越時空，親自向妳道別。

　　我開始睏了。

　　幾乎一整年都沒有睡眠的我，終於可以好好兒睡上一覺了。

　　樂聲響起。

　　這一次，是天空宇宙開始奏起了搖籃曲。

　　這一闋，是最後的搖籃曲，只為我而奏。

　　晚安，親愛的太太。

　　晚安，所有愛我的以及我愛的人。

　　晚安，B.B. Ray，我在這世上認識的最後的一位好朋友。

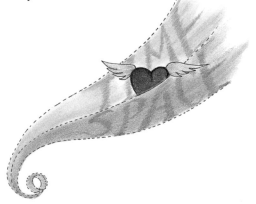

 春天終於來了

又是一個晴朗的早上。

躺在 Alan 哥哥的臂彎內真的很有安全感。

想起昨日下午，Alan 哥哥終於熬到和他的媽媽和妹妹見面，那情景讓在場的每一個人，包括小熊我也感動起來。

不簡單哦，這樣難度高的事情也辦到了，印證了只要真心想做到的事，一定能夠成功。Alan 哥哥，我以你為榮。

只可惜他的弟弟因為住在地球更遠的另一端，不能在同一天趕到來，不過我相信 Alan 哥哥是不會介意的。他實在很愛弟弟，不然也不會在記憶倒退的那段期間一直追問太太他的弟弟在哪兒。至於有些沒有辦法趕著過來見 Alan 哥哥的好朋友，也因為太太一一給他們打了電話，所以他們有機會可以親口和 Alan 哥哥道別。

好，還是起床來看看昨天有點起色的 Alan 哥哥今天可不可以再唱歌給我聽。

Alan 哥哥，太陽公公已經出來了。

Alan 哥哥，你怎麼了？

Alan哥哥，你在睡？

睡？你真的可以睡覺了嗎？

我很高興，因為從認識他以來，這是第一次看到他這麼平靜地安睡。

我也很難過，因為我明白，他這一睡，是再也不會醒過來了。

我說不出我有多難過。

記得Alan哥哥曾經教太太學習「放手」，就算多麼不願意，我也要起碼學習「捨得」。

Alan哥哥，我還是會和你的太太做好朋友，假如她不嫌棄我的話。我會慢慢地把你講過的外星話傳授給她。請你放心吧！

就這樣，我在這世界上認識的第一個好朋友——Alan哥哥，在今天平靜地離開了我們，到另一個有很多不同名稱的美麗新天地去。希望有那麼一天我可以去那邊探望Alan哥哥。

這一天，是一九九六年春天來臨的第一天。

第二部
太太的話

從來沒有想過當作家的我，突然有了很想寫一本書的念頭。

　　那是在我的先生Alan去世後大概兩年。那段日子，我不斷問自己：Alan走了，妳呢，妳最想做的事情是什麼？

　　經過無數次的自我盤問（只差沒有用拷問嫌疑犯的大光燈），一個很清晰的答案在腦海裡盤旋不去，直至我肯定了，心情才平復下來。

　　我告訴自己，我要把一段人生中的重要片段記錄下來，那就是我的先生去世的這件事。我的原因是：

　　Alan是一位這麼特別的丈夫，也是我的天使，我不能也不想把他忘掉；

　　讓不在場的親友了解當時的奇妙過程；

和其他有類似經驗的人們分享面對死亡的不同方式；

也讓自己在把這事件記錄的過程中，再一次體會當時的情景，從而超越沉澱以久的哀痛，作為自我治療。

其實，Alan 剛去世的短短兩三年間，我根本無法提筆，每寫一字一句都是錐心之痛。拖拖拉拉寫了又停，停了再寫。當中的日子經歷過瘋狂投入工作暗無天日，也渡過了迷失自己進入精神抑鬱的時候。

書，仍然以蝸蟻速度前進。

然後，在二○○○年十一月的某一天，我決定寫信給「大塊文化」的郝先生，一位陌生人，一位我只憑直覺、毫無科學根據就願意信任的人。

從而揭開了這本書的序幕。

死亡事件簿

愛一個人，用一生的時間夠不夠？

對一般人來講也許太多，可是對一個下凡的天使，愛又怎可能在短短一生稍縱即逝？

我無意美化或者刻意歌頌一個逝去的人；只是這個人的存在和離去深刻烙印在每一個認識他的人的心上，叫我認識到遺愛人間所造成的巨大影響力。對於沒機會見到他本人的你，嚴重一點來講，不能不算是一個遺憾；我只能夠情真意實的把我和這位下凡天使之間所發生的點點滴滴，嚐試用粗糙而赤裸的文筆記錄下來。

我們永遠不會知道命運打算怎樣安排我們的人生角色。

　　所有事情的發生，都一定有其因由，毋需刻意去探究，人類的能力畢竟有限。

　　我們只能夠按照自己個人的能力去面對生命所發生的一切。只要順其自然，按照發生的事情一步一步地走下去，再難走的路都有走完的一天。

　　而我，所分派到的人生角色又豈是平凡的我能始料到。我如何得知在幸福的背後暗藏著日後一生的傷痛，我又如何得知自己會成為年輕的未亡人。

然而，讓我再從頭來過，我還是要走這一條路，無怨無悔。只因為，我曾經有過一位如此不平凡的丈夫。

　　寫這本書的過程中，往往泣不成聲，不得不停下來，沏一杯清茶，讓自己暫時抽離當年的場景。縱使六年過去了，每一幕都還是清楚得如同隔著玻璃看，完全沒有時間空間的距離。根本上，和Alan共渡的一段人生，特別是共患難的日子，不能從我腦海中輕易除去。

　　也許，我為這本書第一部所出現的幾個情節作個回應，你會更明白事件背後的來龍去脈。

結婚戒指

　　那一天覺得 Alan 的情況比較好，經常有大無畏精神的我決定帶他到外面逛逛。享受完難得的一天，回到了家，赫然發現一直戴在 Alan 手上的結婚戒指不見了。心內抽動了一下，覺得這絕非好兆頭。

　　戒指沒有成對，是不是意味著 Alan 和我快要分離呢？

　　那結婚戒指彷彿是 Alan 與我之間生命的聯繫，好像只要我們的戒指在，人就還在。

　　對，完全不科學，甚至近乎迷信。但在那一刻，只要任何和 Alan 生命有關的事情，我都非常在意。居然還想跑回沙灘去找那枚戒指。

　　現在想起來，有點覺得不可思議也很可笑；但當時的我很認真，深信只要把結婚戒指找回來，Alan 的生命也不會失去。所以，當我翻箱倒櫃終於找到了 Alan 的結婚戒指時，你能夠明白我那一刻的喜悅和如釋重負的感覺嗎？

　　早已把我們的兩個戒指套在一起戴著，要是有那麼一天結婚戒指不見了，我想，我不會再執著。現在的我，想法和六年前有了分別。

FFI

醫生們判定了 Alan 得到的是一種奇特的腦病。除了醫生提供的資料，我也跑去圖書館找看看有沒有更多關於這個病的資料。只有對病情充分了解，病人和家屬才知道如何面對危疾。當然，我們了解的充其量也可能只是皮毛，但總比不聞不問的逃避方式好。

Alan 曾感嘆說可能十年內也無法找到醫治「FFI」的方法。不過，他生病那時候，人類的 DNA 密碼還沒破解，而今日的醫學又邁進一大步，誰能說得定。

看著心愛的人一會兒不認識自己，一會兒還稱呼自己阿姨，我沒有生氣，只覺得這個病很奇妙。Alan 病發後大約半年左右的某天，他用一種很陌生極為奇異的眼神看著我換衣服，在那一刹那，我就知道了他已經不完全是那個我很熟識很親密的丈夫了。自此之後，我都沒有在他面前脫過衣服。

看著 Alan 變回一個好小好小的孩子，我只能更呵護他、愛他。說實在，能夠把人生完整的走一圈的又有多少人呢？

媽媽選擇暫時離去

　　Alan媽媽一直幫忙照顧著一切。把Alan的病情告訴媽媽的時候，我也曾私底下跟她討論，如果她需要離開一下，那絕對沒問題，我可以盡全力照顧Alan。

　　媽媽心愛的丈夫也是因為相同的病而離世，我覺得要媽媽看著事件重演實在是折磨。看著自己最心愛的兒子急速地步向死亡，任何一位媽媽都受不了；媽媽內心的痛，只有她自己才了解。所以到後來Alan媽媽才選擇離開一段時期，我覺得未嘗不是個明智的抉擇。

我也選擇離開

Alan情況急速變壞，我向F醫生詢問狀況，到底Alan會在什麼情況底下突然死去，我想要守候他直至最後那一刻的來臨。

F醫生勸我大可不必這樣日日夜夜守住，病人自己會選擇要走的時候，以及走的時候想要留那些人在身邊。

從來沒有聽過這樣的說法，可是醫生見過的死亡事件一定比我多，我只能姑且相信他。

可是那天晚上，我回到了病院，情況和我的打算並不相同。

我的思緒很混亂，只感到四周的空氣非常沉重，氣壓很低。

等了一陣子，完全沒有感受到Alan的任何回應。

腦內混沌一片。

看來該是我離去吧？我再用心語和Alan說了一番話，沒有再堅持留下陪他。不，我不是生氣，相反地，我在想，如果這是Alan的意思，那也很好呀！

Alan媽媽離開了我們一段日子，今天才回到Alan的身邊，應該讓他們多相聚才對。而且，除了我以外，媽媽是最愛Alan的人，在這個時候，我實在不用太多心，也不應該讓事情複雜化。

　　我親了親Alan，跟他說拜拜，心情很輕鬆的準備回家去。其實，我還故意逗留過了午夜十二點，看看Alan會不會有什麼變化，卻什麼都沒有發生。

　　夜班的男護士G看到我要走，很不了解、很驚訝的問：「你肯定要回家？看Alan的情況，他今晚隨時會走的呀！」

　　「房間內太多人了，太擁擠。」我說。

　　「那麼，你可以留在客廳呀！」G善意的提醒我。

　　我微笑，說：「謝謝你。可是，要是不能守在Alan的身邊，那麼，我情願回家，沒有分別的。」

　　G似懂非懂的點頭。

　　懷著平和的心情和媽媽道晚安，C和D夫婦開車送我回家。這段日子，他們無時無刻都給我無限量支持，還充當司

機，只為了擔心我太累，開車有危險。我心裡默默感激他們所做的一切。C和D問今晚要不要陪我，我倒覺得沒這個必要。我想，還是一個人安靜地休息就好了。

　　所以，那個晚上，我獨自在家。

禮物

為了幫助睡眠，我泡了個熱水浴，讓心情放鬆。

接著，我打了一通電話到紐約和好朋友 MM 聊天。我的好朋友分佈不同國家。

掛上電話的時候，已經是凌晨一點多。我想還是快點兒進入夢鄉，明天才會精神飽滿。

矇矓中，我張開眼。

我看到一些奇異的東西從窗口飄入我的房間。

那是五位一體透明淺灰藍色類似絲帶的浮游物體，每一個的長度大概十二公分，寬約一點五公分；當中一個，左右兩旁各有兩個，一前一後。

它們飄進來以後，在天花板盤旋，然後飄浮到我的面前，在我的胸口上方停留，和我的臉相距不到二十公分。

我從來沒有見過這麼怪異的物體。

我在腦海中問自己：「這是什麼東西呀？你不要告訴我這是靈魂，飛來跟家人話別的！太離譜啦。不可能的！」

然後，這群物體再飄到天花板。

接下來，我聽到了一個男聲，用英文說：「See, she is sleeping.」(看，她在睡覺。)

　　我自語：「誰呀？是在講誰？是講我嗎？對呀，我正在睡覺呀！」

　　太不對勁了。

　　我再跟自己講：「Judith Lam，你最好不要給我胡思亂想，連這樣的故事也編出來，太誇張了吧！你快點給我睡，明天還有很多事情要忙的呢！」

　　正在想的當兒，這一群物體，在天花板上空繞了一圈，輕輕地飄到窗口往外飛，然後消失了。

　　我看著這一切的發生，感覺很奇妙又很真實，可是也慶幸那些不知名的物體終於消失。

　　再一次，我告訴自己：「好了，好了，現在什麼都沒有，你也不用亂想，還是快點兒好好的睡吧。」

　　電話，就在那時候響的。

　　當時大概是凌晨兩點過後。

妹妹從病院打電話來說：「哥哥剛走了。」

　　我把她的話重複一次，然後回答說我立刻到安寧病院去。

　　掛上電話，我不斷問自己，什麼叫做「走了」？那到底是什麼意思呢？這個世界上，再沒有 Alan 這個人的存在嗎？

　　太怪了。

　　走了？

　　那麼，那麼，剛才在房間內所發生的一切並不是我的幻覺囉？Alan 的的確確是來跟我道別的嗎？可是，現在為什麼我沒有眼淚？為什麼我哭不出來？為什麼我的感覺怪怪的？為什麼我的心那麼的空洞洞？

　　後來，我當然理解了 Alan 的安排是如此漂亮。他把摯愛的媽媽留在自己身邊一起迎接死神，然後親身飛過來和我道別，也只有他才能這樣細心，我還能說些什麼呢？

　　這可不是一份每個人都收得到的禮物呀！

　　也就是擁有了這樣一份特別的愛的禮物，我才能繼續生活下去。

　　這是我一生中所收到的最好的禮物。

那一夜

Alan 走後的當下，定過神，我再打電話到紐約，告訴好朋友 MM 剛才所發生的一切。

我問她爲什麼一直說「wonderful」。她說她很替 Alan 得到解脫而感到高興。

我又問她，爲什麼我不能哭不會思想無法做出任何反應？

MM 告訴我說：「我親愛的 Judith，你知道嗎？剛剛妳失去了妳的 Soul Mate (靈魂密友)，那是一種很大很大的失落，一時之間，你當然不知道該如何做出反應。別擔心，那是正常的。」

還是沒有反應的我，突然想起我還要到病房，只好匆匆結束談話。

接著，我再打電話給剛分手沒多久的 C 和 D 夫婦，希望他們可以載我到醫院。他們二話不說，立刻夜半飆車到我家。

想到 Alan 一向服裝整齊，我急忙把他平日愛穿的便服找出來。但天哪！我太久沒有打理家務，Alan 的衣服都沒有燙好。

不行，我不能讓 Alan 穿皺巴巴的衣服！

於是，凌晨兩點多，一個心慌意亂的女人開始燙衣服。

直到 C 和 D 夫婦來了，看到他們，我才崩潰地嚎啕大哭起來。C 女士連忙主動替我熨衣服，讓我去收拾其他要帶的東西。唉，我的朋友們⋯⋯實在很難得，我眞是非常幸運的人。

　　到了病房，一看到媽媽，立刻跟她說 Alan 有來找過我。

　　媽媽一臉茫然。

　　我沒有沒多加解釋，只想快點見 Alan。

　　該怎麼說呢？看到平和地躺在床上的 Alan，我淚水不斷湧現，親了親他的臉跟他說：

　　「嗨！Alan，看你睡得那麼舒服，我眞替你高興。過去一年，你都沒有怎樣睡，現在看到你睡得那麼平靜，我很放心。對了，他們都說，人剛死，都會在天花板附近徘徊，看著親人跟自己道別。你在嗎？」

　　轉過頭，我向著天花板的方向送上了一個飛吻。

　　男護士 G 要替 Alan 洗擦，我說我可以幫忙；他要出去拿毛巾，問我一個人扶著 Alan 成嗎。當然沒問題，他是我丈夫呀！

　　趁著四下無人，我輕輕搔 Alan 的癢。平日他很怕我逗他，

我一搔他癢，他就躲來躲去的。今天，他很乖，沒有躲。

「Alan你有進步呢！現在不再怕搔癢，不錯嘛。」

不明白為何我會有這樣的舉動。我瘋了嗎？加上我一向對死亡沒有什麼正面的看法，從來不認為我會敢碰觸一個死去的人，我為何會這樣大膽而完全不自覺？看來，那一刻我已經置生死於度外。面對著一個這麼愛自己的人，懼怕怎可能存在？

把Alan弄得清爽乾淨後，穿上便服的他，看起來極度安詳和舒服，還是那麼帥。

媽媽說，Alan是很平靜地突然不再呼吸，就走了。

從發病到離開，Alan沒有使用任何救治的藥物或儀器，也不需要做任何手術，也算不幸中之大幸。我曾經希望，如果沒辦法讓Alan康復，那麼，我只祈求他可以沒有痛苦，沒有損傷，平安地離去。我很感激這個不大不小的願望終於達成。

我沒有忘記Alan的小朋友，把兩個小熊都放在他身邊。D先生和我還刻意地把B.B. Ray放到Alan的臂彎內抱著，沒想到帶出一個黑色笑話。

黑色幽默

第二天早上，醫護人員到來，準備把Alan送到大學醫院做解剖提供醫學研究。

我急忙把小熊B.B.Ray搶救出來，萬一他也被解剖就糟糕了。

我還告訴Alan，是要先把B.B. Ray寄放在我這兒，改天再帶小熊和他重逢。可是……可憐的Alan因為抱著小熊，才不過幾個小時，肌肉已經僵硬，右邊的手臂竟然維持九十度角彎曲著不能伸直，很搞笑的模樣。一時之間，沒辦法把他的手扳直。這，在我看來，豈不是另一個黑色幽默嗎？別無他法，我只好向Alan道歉啦！

我想，他自己也會忍不住笑起來的。

親身體會

Alan 在喪禮前的一個晚上來見過我一次。

夜半朦朧中，我睜開眼睛，他分明就在我的面前。我還記得用力牽動了嘴角，給 Alan 一個溫柔的微笑，然後他就倏然消失了。

可是我想說的還有另一件事。

Alan 走後接連三個晚上，我都睡得不好。那時候是溫哥華的早春，氣溫還徘徊在攝氏十度八度之間，一點都不熱；可是我每個晚上都汗流浹背，整個人像是剛從水裡撈出來似的，衣服換了一件又一件再一件，有點虛脫的樣子。我完全體會到 Alan 後期一直流汗的過程有多可憐。可是，才那麼三天而已，喪禮過後，我又和平常一樣睡得好好的，半夜也再沒有流一滴汗，身體也沒有其他毛病。誰有過這類經驗？

選棺記

　　購物本來也是我的強項。可是我從來沒有採購棺木的經驗。

　　仍然是C與D不離不棄陪著我和家人到了殯儀館。

　　看到了一堆堆裝模作樣的棺木，心裡就有氣。尤其是棺木內的布料，為什麼一定要用有光澤的人造纖維？難道沒有設計師設計的嗎？當下幾乎想改行棺木內部設計師。（真有這一行的嗎？）

　　看來看去，很難買得下手，忍不住向殯儀館的職員說：「Your casket is so ugly that I don't want to die!」（你們的棺木這樣難看，我也不想死了。）

　　大家都哄笑了起來。

　　說真的，明明是將要進行火葬，其實不用買太貴重的棺木。只是那一刻，你會覺得自己的親人是那麼的偉大，怎麼可以讓他睡進一個草率地用原木釘嵌而成的普通棺木。況且，這是最後一次買東西給他，不要再那麼省了。

　　殯儀館的人當然也捉摸得到家屬的心理，但見價格便宜的

棺木隨意的放在一旁，相信我，你看見了也不會想鑽進去睡的。

　　結果，還是選了一個頗雅致的棺木。看，還不是心理因素作祟。

失聲，失態

選購棺木、安排喪禮的事情忙了一整天，回到家還是要處理噩耗通告的事情。手忙腳亂拼湊了文稿交給報館，人也累得不成樣。

姐姐好意來陪我過夜。

那個晚上，我終於失去了聲音。可是親友的慰問不絕。

我這位姐姐是一位很安靜的人，不像我這麼嘰哩呱啦，所以也不太會應對。而我，心情不好再加上疲累，居然還向姐姐發脾氣。對不起，姐姐，雖然妳不曾怪我，可是我沒有忘記我那天的態度實在惡劣，請妳多多包涵。

喪禮

沒有太多的鮮花裝飾，Alan不是愛裝腔作勢的人。

在好友J女士的提醒下，我要求親友把打算送來的慰問金轉送給梅伊之家，因為他們正在籌款成立另外一間安寧病院。能夠盡一分力，是我們的一份心意。

親朋好友們排隊在台上訴說著Alan的往事。有些人我還是第一次見到，他們為了一個很久不見的同窗好友的喪禮而來。聽著他們說一些從未聽過的少年往事，我深深以Alan為榮。披頭四的音樂輕柔地飄浮在小禮堂內。

一個平實溫馨，時而感人，時而讓人落淚的喪禮終於結束。

隨著〈Let It Be〉的樂曲，Alan的弟弟和其他五位好朋友緩緩把靈柩送上車。

他們什麼都告訴了我，就是沒告訴我要在靈柩上面撒灰。我是第一個人把灰撒上去，來不及問人，正不知道該如何做，隨手用灰撒成一朵心的模樣送給親愛的丈夫。就讓他帶著我的心走好了。

大家聚集在火化室內。我問站在身旁的弟弟他可不可去按鈕。他遲疑說，我才是那個按鈕的人吧！

　　我想也是。

　　堅強地獨自往前一步一步地走，才不過十來步卻地老天荒。

　　親了一下 Alan 的靈柩，深呼吸，猶疑地伸出手指，往那個樣子簡單卻無比恐怖的按鈕按下去。

　　劊子手的感受。

　　看著 Alan 的靈柩緩緩地流入焚化爐，淚眼模糊。

　　整個世界都變得空洞洞，我的心也早已空洞洞。

其後

不只一次，在開車的時候想到了 Alan。眼淚簌簌落下。不得不把汽車停在公路旁，哭個痛快再繼續開車。

那是在理智的情形下。

更多次，有一個小小的聲音呼喊：「別再堅持了！來吧！只要把方向盤扭個45度，撞向山邊，不就一了百了？」

手開始緩緩地轉動方向盤。

另一個很溫柔而堅定的聲音出現：「等一下！妳以為這樣死去一定會見得到 Alan 嗎？萬一妳沒死，反而變成殘廢的話，妳還有面目見 Alan 嗎？妳的承諾丟到『天不吐』去了？還說什

麼會快樂地活下去！」

　　回過神來，才驚覺自己在做著一件多麼愚蠢的事情。

　　多少次，就在自言自語中有驚無險過了另一個階段。

　　懷念死去的親人是免不了的事，可是千萬別以為跟著去就可以見面。每個人都有每個人在世上的日子，唯有不浪費生命，過一個有意義的人生，才會讓已經不在的人也為自己感到驕傲。

　　有一天，早上醒過來，看著鏡子裡的自己，喃喃地自言自語：「活著，原來真的需要很大的勇氣。」

那段時期，雖然朋友的支持和慰問不少，我卻自覺「再回頭已是百年身」。

　　沒有 Alan 的日子，我真能過得下去嗎？

黑暗期

我眞的以爲自己很堅強的活了下來。

不是嗎？搬新家，開始新工作，一切從頭來過。我告訴自己，沒什麼大不了，我還是一樣過日子。

其實，只有我才知道，所做的大部份事情，都爲了告訴大家不用擔心我，看，我的處事應變能力多高強。

我瞞不過自己。

終於，不自覺地精神狀況起了變化。我那副「我很好別擔心」的面具終於掉了下來。

起初以爲工作過勞，把工作辭掉，打算在家休息一段時期。哭泣成爲每天的指定動作，惶惶然不可終日，每夜必然在兩三點起來，不能入睡。縱然外面陽光普照，我整個人裡裡外外卻陰霾密佈。不想見任何人，不想做任何事，把自己關在家裡，唯一的外出只爲了加添食物。其實那時連胃口也沒有。甚至連電話線也想拔除。

我告訴自己：「Judith，妳的人生到此而已。前路一片黑暗，妳只能往谷底掉下去……一直往下掉。」

這樣的日月無光晦暗日子維持了三個月。

　　直到有一天，以前的上司 M 女士的聲音在電話錄音內響起，我好像快沒頂的人找到了救生圈一樣，緊緊捉住她不放，邊說邊哭。

　　M 女士了解我當時的情況後，催速我必須看醫生，因為這樣的我根本不是原本樂天派的我。

　　見了 H 醫生，他說我沒錯是患了精神抑鬱 (Clinical Depression)。原來，精神抑鬱症是腦內的分泌因為某種不明的原因導致不平衡，可以用藥物控制。

　　一向不愛吃藥的我，別無他法，告訴自己在一段時期後最好靠自己復原，不要長期依賴藥物。

　　M 女士每隔一段日子就跑來看我。就這樣，在不同的危機中，我往往有很好的朋友陪我共渡難關。再一次我知道我是如何的幸福。

　　結果，我服了一年的藥，把腦裡的分泌平衡過來。

　　哎！能夠做回原來的自己，那感覺真妙！我也學習不再對

自己有太高的要求，辦不到的事情，隨它去吧。

對，我怎麼可以忘記Alan送給我的禮物，Let it be！

我不再做一些為了讓其他人放心的事。我只做我真正想要做的事情。

慶幸有過這樣的經驗。起碼，我不會對患上了精神抑鬱症的病人誤解，反而多了一份同情與了解。這對日後我想做的事情或多或少有幫助。

「怎麼可能！」

朋友訝異：「什麼？妳還沒把 Alan 忘掉？都過了這麼多年。」

淡然一笑，我如何告訴朋友我從來沒打算把這件事忘記。也不可能忘得掉。

我所認識的 Alan，從他身上學到的經驗，將陪著我成長。我打算把我學到的經驗延續，希望可以幫助其他人。

我的朋友，你明白嗎？有了 Alan 留給我這樣無窮盡的愛，放心，我有足夠的信心好好地把我餘下的人生走完。

約會

　　當然，Alan還是不時會來到我的夢中。

　　他通常是毫無先兆在我毫無準備的時刻出現，原來這也是不能強求刻意不來的。他到訪的那些夜晚，午夜夢迴，萬般不捨地滿臉淚痕從夢中醒過來，一切太過真實，往往再次泣不成聲，眼淚把整個枕頭套都浸透。原來我沒學好「捨得」，還苦苦想要把夢的邊沿拉住，讓我和Alan可以相聚多那麼一點時間，只是第一道陽光已經穿過薄麻紗的窗簾，悄悄地溜進房間內了。

　　期待下一次不知時間地點的約會。

特別的課程

　　經歷過和 Alan 面對人生中的大事，我不可能沒學到什麼，我深信每一件事情的出現都有原因，而我們不可輕易錯過每一個學習的機會。人生，本來目的就是為了學習。換句話說，Alan 的死亡啟發了我的人生意義。我所學到的東西包羅萬有；到目前這一刻我還在努力翻舊帳，尋找有哪些課題沒有注意到，也把我一路走來的小小心得與你分享。

宗教

　　面對死亡，人的無助感加倍放大，宗教的介入似乎是必然的。親友們不論是信奉哪派宗教，都嘗試伸出同情之手，拉我們一把。

　　在 Alan 病況還未太嚴重的時候，我們一一回絕親友們的好意。

　　老實說，對於所有宗教的人爲部分，我們不理解的還有很多。不是抗拒宗教，而是不想臨時抱佛腳。以物換物尋求得來的信仰，終歸不是我們的那一杯茶。我們情願在自然、無條件、眞心的情況下完全的接受宗教，如果眞有那麼一天的話。

　　所以，反而到了 Alan 時清醒時迷糊的日子，他自願接受了兩樣完全不同的宗教，雖然意外，我也爲他高興。信仰應該自然的接受，無謂牽強。

好意

　　親友間不斷有熱心人提出不同的意見和治療方法。心裡當然很感謝大家為我們的事操心，其實精神很累。試想，每一個人提供一個意見，五十個人便出了五十個主意，要試盡大家提供的方法，體力精神缺一不可。

　　起初的確都會抱著不試白不試的心情，也好像有個交代，不要辜負親友的一番好意。如是者把Alan的病歷一次又一次覆述，同時經歷了一次又一次的失望，回到家看著日漸沉默的Alan，相視而笑，無奈地苦笑，逼著把淚水往心中流。最不忍看到Alan一次又一次被不同的治療師推捏扭撐，我怕讓他那瘦弱的軀體受苦，尤其明知道表面上的治療根本不可能改變Alan腦內細胞的變化。

　　不是我們太容易放棄，也不是我們沒信心，不相信奇蹟；只是我們更相信醫學的實在證據。我只能夠以不讓Alan吃苦作為大前提。輾轉見過十數位不同的醫生和專家，我們早就心裡有數，也早有心理準備接受殘酷現實。

　　從此，每當聽到誰生病，我也不會隨便出主意，只為了不想增加病人或家屬的心理負擔。

生存

　　生存到底是怎樣一回事？是不是只要能夠生存，任何的方式都是好的呢？

　　就我所認識的 Alan，我不相信他喜歡高大的身軀被困在一個小孩的思維內。沒有自主的人生是相當的痛苦吧？我們絕不可以剝奪其他人的生存權利。作為一位妻子，只要 Alan 不放棄他的生命，我也當然不會放棄他；我們只能夠和命運堅持到最後，不管直到何年何月。

　　一度，我還以為可以同 Alan 攜手和命運多卯上一、兩年。我們面對的方式說穿了不外是順其自然，時候到了自會接受。

　　我學會了生存不在於形態或形式，在於其背後意義。

健康

　　每個人都說，對，健康很重要。轉過頭，又忙著去做一些盡是傷害自己身體的事。譬如大吃大喝、吸菸飲酒、工作過勞、不運動等等。我們，都要等到情況壞了才匆匆忙忙找醫生。只恐怕不是每一次都平安過關。

　　我那時候很擔心不能照顧 Alan，雖然他患了重病，卻沒有人保證我一定活得比他長。我好害怕要是我比 Alan 先走，照顧他的責任誰來負呢？有一天，我決定改為吃素，希望吃素可以讓我有好一點的身體狀況。說不清是吃素的關係還是充滿頑強意志力的原因，Alan 病發以來，我沒病過。

　　要先把自己照顧好，才去照顧別人。

家

　　家，不再是兩口子的小天地。一向很注重隱私生活的我
們，沒有經過安排，決不請朋友回家。總不能把家裡的邋遢相
公諸於世吧？Alan 生病之後，有太多的人出入，加上要全力照
顧 Alan，根本不可能管家裡的樣貌。不再擔心家裡是否一塵不
染，不再擔心隨時隨地有人來探訪。家，原來早已在我和 Alan
心裡面建立，你看到的不過是市內某住宅單位。

義工

　　她的出現，縱然只是每星期兩次，每次大概兩個小時，卻足夠讓我到超市購物銀行辦事，也讓我吸一口戶外的空氣。

　　回到了小孩時期的 Alan 也擁有小孩的直覺，對美好的人和事很願意親近，一種單純的喜歡。

　　K 女士每次要離去時，Alan 都會嘗試站起來（當然每次都失敗），很充滿紳士風度的和她握手道別。除了那一次。那唯一一次。Alan 掙扎著要我扶他一把，搖搖欲墜的 Alan 居然親了一下 K 女士美麗的臉龐。

　　接下來，他轉過來向我說：「I hope you don't mind.」（我希望你不會介意。）那一瞬間，K 女士和我都被他的舉動感到意外。

　　天地良心，我半點兒都沒有吃醋的念頭，反而很欣賞 Alan 的做法。我告訴他我完全不介意，他放心的笑。

　　這一次，是 K 女士和 Alan 的最後一次見面。難道 Alan 知道時日無多，大膽採用這個方式表達對 K 女士的感謝之意？

　　後來，我和 K 女士成為朋友，到現在還保持聯絡。每次提

及 Alan 病中的笑料，我們都忍不住大笑起來，即使過了這麼多年，K 女士也還記得 Alan 是一個很特別的病人。

　　K 女士讓我一想再想，為何一位像她這麼年輕美麗的女士，不利用多出來的時間去買美麗的衣裳、去約會；反而跑來幫助一個家中有人患病的家庭。原來，有些人即使沒經歷過任何人生的悲劇，也願意付出自己的時間，去幫助其他很需要透一口氣的陌生人。

死亡

　　以前的我很怕死去的人。看到殯儀館把好好的一張人臉塗得比京劇的臉譜還要白，還要紅，我真的很不能理解，也很害怕。而且，很怕死去的人回來找家人，聽到是回魂夜，怎樣也要把家裡的燈全部開到天亮，也決不會一個人留在房間。

　　可是，經過了這次的事件，我對死亡有了不同的看法。

　　西方的殯儀館的化妝術比較崇尚自然，所以死去的人的面容還是和生前沒兩樣，一點也不嚇人，多看兩眼也不至於做惡夢。原本我很期待心愛的人回來探望我，雖然只在夢裡相會，聊勝於無。

　　死亡是活下來的人的另一個開始；也是死去的人的另一個開始。誰知道天堂和地獄是怎麼樣的？有沒有很多手續要辦的呢？要不要花時間到處逛逛和認識新朋友？

選擇

　　如果整件事可以重來的話，我還是做回自己的角色，不會因為 Alan 的病而不理他；照顧他走畢全程，是我當時唯一想做的事。經歷過切膚之痛，我寧願 Alan 比我先走也不想他做我的角色。

　　你也許不相信，但我還真的有點羨慕他。你看，他將永遠年輕，人間不會見他白頭。他一直以來集萬千寵愛在一身，一路笑著步向死亡，輕鬆可愛地謝幕。他一直到最後都有深愛他的人守候在旁，夫復何求。這種種，是我想當然一廂情願的念頭而已。事情都有兩面性，何謂幸何謂不幸，還真難定奪。

工作

生死攸關的事一出現，工作變得無關重要。

忙了一頓，把那一季的服裝展安排好的那一個下午，驚覺自己怎麼可能還在公司忙著做事，而沒照顧因病留在家中的Alan。

痛哭起來，覺得自己很傻。

連忙跟上司M報告。

M是一位溫柔而且有個性的加拿大女士。聽完我悲傷地說Alan的事情，她簡直不相信在過去的好幾個月，我完全沒半丁點兒因為家事而忽略工作，或影響工作進度。

用一貫柔和的聲音，M女士催促我：「快，快點回到妳丈夫的身旁。他現在很需要妳。快把工作放下，工作沒那麼重要，妳從今天起就停薪留職放假好了！」

你說，遇到這樣善解人意的上司，不是幸運是什麼？後來M女士不再是我上司，她成為了一位很重要的朋友。

獲得了上司的諒解，我決定先把工作暫時放下，陪Alan見不同的醫生找出他的病因才是當務之急。

起初以為放兩個星期的假就可以檢查出 Alan 的病況，那麼我也可以重回工作崗位；沒想到這一放，竟然放了一年。

　　工作，原來可以這樣沒份量。

身分

社會上原來真有講究身分這回事，特別在填某些表格的時候，想逃也逃不了。未婚的時候是「小姐」。結婚後是「太太」。丈夫死了之後是「寡婦」。我對前兩種稱呼都沒有太大的感覺，唯獨「寡婦」的身分好像拉警報那樣刺耳令人不安。

在數年間種種身分的轉移，有點讓我喘不過氣。對於「寡婦」這個身分，不管我猶疑多久，還是像萬能膠一樣緊緊的黏著我，甩也甩不去。

Alan 過世初期，我極度不習慣新身分，甚至覺得大家最好不要提不要問，也很介意朋友在介紹我的時候加上一句「她先生剛去世」的引子；然後，旁人都在期待我什麼時候再結婚變回「太太」的身分。我想，這個可能性不大。曾經滄海難為水。姑無論如何，我學會了接受自己的身分，無論喜歡與否。

救援

　　簽下了放棄救援的文件，並不等於放棄了病人。相反地，這是爲了病人著想。要知道，搶救一個患了不治之症的病人的結果，可能是讓他吃更多不必要的苦。Alan 是個聰明人，哪會不明白這個道理？在醫生宣判命運的時候，他早已經同意這個做法，也眞難爲他想得如此透徹。

　　我也不願意見到醫護人員終於把文件交來。

　　唸著文件上怵目驚心的字句，簽名的手在發抖。

　　簽下了放棄救援的文件，其實是另一種救援。

　　我學會了分辨事情背後的眞正意義，做該做的事。

尊嚴

病過的人都知道，生病期間不可能有太多的隱私，尤其是病人本身失去了活動能力，一切只能靠其他人幫忙的話，實在稱不上有什麼尊嚴。可能範圍內，小事情即如經常替病人刮鬍子洗澡保持清爽乾淨，讓他們覺得舒服，不過是基本的事。

照顧病人會累，但想到病人也是身不由己，太多時候並非出於他們所願，只是無法表達，那麼，盡量用愛心及耐心包容和面對患病的人幾乎是唯一的態度。

從來沒有照顧病人經驗的我，剛開始時不懂得如何面對一個變了小孩子的丈夫，所以不自覺地用了恐嚇的說話，譬如「你再不乖乖坐下，我明天把你送到醫院不理你」之類的話。天知道這種話有多可怕，多傷害毫無反抗力的病人。從好朋友MM那兒，我才明白自己犯了多嚴重的錯誤，覺得很羞愧。

之後，趕忙把自己的想法事先整理好，學習付出更多耐心，提醒自己不可以講一些傷害病人的話。我學會了替病人保留起碼的尊嚴。

友情

　　來吧！親愛的朋友們！歡迎你來對號入座。對，是你，是妳，是她，也是他。沒有你們真心真意的愛，一個弱質女子如我，豈能獨力迎戰命運開的這場玩笑。這段經歷比攀上喜馬拉雅山不惶多讓，沒有你們不離不棄的支持，我不可能帶著笑容踏著沉重的步伐輕鬆走。

　　在這兒，我深深向我所有的朋友們致敬；文字和語言不足以表達我心內的感激，多少次每想到平凡如我也擁有瑰寶般的朋友，眼眶中的淚也決堤般洶湧而出，我的確比其他人幸運。從你們身上我體會到友情的可貴，我學會了好好珍惜友誼。

　　親愛的朋友們，無論我們的年齡國籍信仰興趣都那麼不同，很榮幸能成為你們的朋友，請容許我在這兒大喊一聲：我愛你！

事到如今

在 Alan 患病的後期,有一個晚上在朋友 J 女士的家吃飯。她好奇問,不知 Alan 過世以後我會不會改變。

我記得我頗有信心的告訴她說我還是我,我應該是不會改變的。

原來,這六年間 Alan 改變了不少。B.B. Ray 改變了不少。我也改變了不少。

變，還是沒變

第一個改變是我對物質的看法不再一樣。

我們擁有的身外物實在太多，真正需要的其實很少。你環顧自己的家自然明白我的意思。清理 Alan 的遺物時，眼看有一些新簇簇的衣服鞋物連穿都沒怎樣穿過，人卻不在了，不是沒有感觸的。

購物慾下降至最低點。

往後幾年，我都沒有再任意買新的衣服鞋物，也捨棄當年緊緊追隨著時裝流行快訊的打扮，返樸歸真，改為以舒服簡單的便服為主。

「錦衣夜行」的日子離我而去。

服裝設計的工作也對我已經沒有什麼意義。我完全不反對這個行業，替女孩子打扮得漂亮絕對是好事，只是我已經沒有共鳴。早年曾經有這樣的想法，可是又捨不得放棄雞肋般的工作；也不想 Alan 一個人負擔整個家，那多不公平。如今，我真的不想再關心這一季到底流行綠色還是土黃色；裙子到底要穿到膝蓋上或小腿下。這一切，已經不在我的思考範圍之內了。

我努力尋找往後的人生意義。

沒改變的是我對生命的熱情和好奇。對事物的看法或許有改變，內心的世界卻沒變。本來的我還在。

沒改變的是我對人生仍然充滿感激。人生中出現的每一件事，每一個人，每一天都不是必然的。我感謝自己所擁有的一切。

沒改變的是我對 Alan 的愛。他們不是說 absence makes the heart goes fonder 嗎？愈不見的人愈是掛念。醫生曾提醒我不要把死去的丈夫神格化，我也明白這道理。我深信自己忠實地紀念 Alan，沒有把他誇張。

現在的 Alan

有時候，會很阿 Q 的想：「這樣也不錯呀！起碼現在的 Alan 是『便於攜帶型』，只要心念一到，他就會在我心裡出現。他現在可以無時無刻都保護著我，多好！」

這麼多年我都會定期去探望 Alan 的樹。

是的，Alan 搖身一變成為一株 Blue Spruce，一種松針帶著一抹藍色的松樹。這是我們的共同意願，火化後用自己的骨灰種植一株樹。

朋友問我要是樹枯了怎辦？

不要緊，大自然就是這樣，枯了也就沒了，只要記得那樹在那年曾經存在過，就此而已。

我愛選我們特別的日子去看望他。通常我沒帶鮮花，只除了結婚紀念日。朋友說得好，「請在我生前送我鮮花，不要在我死後才帶著花束來看我。」結婚紀念日，我則必定會帶著一束白玫瑰到 Alan 的樹前，謝謝他那年送給我的美麗結婚花束。若是買不到白玫瑰的話我總會戚戚然。有一年特別大雪，我還是開了一個多小時的車跑去了。看到 Alan 的樹被厚厚的雪住，

還掩不住那份神氣，我就知道他是一株生命力強的樹。

六年過去，原本不到五尺高的小樹，現在已經高了一倍。當然，每一次，B.B. Ray都與我同行，和他的Alan哥哥談話。朋友Y多次汗流浹背戮力幫忙的緣故，樹下開始有了花圃。小小的墓地今後成為不是綠拇指的我的唯一園地。

我在心裡也有一片園地留給Alan做我唯一的園丁。

現在的B.B. Ray

　　六年下來，他的體型倒好像比以前小了一號，鼻子的部分出現禿毛的情況，原來軟軟的熊毛也開始打結，有點老熊的味道。不過他還是經常很神氣，喜歡裝可愛，話比以前更多，總是充滿歪理。他非常討厭洗澡，幾乎一年才洗那麼一兩次，還是在威逼利誘的情況下才能替他大掃除，過程中還要被逼迫聽他的救命呼喊狂叫聲。

　　B.B. Ray目前在森林幼稚園唸高班，也就是大班。看來永遠沒辦法昇上一年級，因為他除了不愛唸書，總學不會看時鐘，也因此沒有什麼時間觀念。他喜歡暑假，常以為暑假可以一直無止境地放下去。B.B. Ray自稱「小哥哥」，帶著自己家裡的一班小朋友上學去。他們是：和B.B. Ray像雙生兒、性格卻南轅北轍的「小poo」；沉默工作小熊「小乖」；以及會講台灣話專門與B.B. Ray抬摃的小恐龍「koro」。

　　原本沒衣服穿的B.B. Ray，現在穿上了我在台北士林夜市的地攤買來的一百元兩件的小男孩內褲上學去。另外一條內褲他慷慨送給了「小poo」。

B.B. Ray很愛把妹妹，女朋友一大堆；可他不會忘記最好的女朋友叫MiMi，小明明。我如果出門時間稍長的話，他準會邀請眾女友們到家裡開派對。

　　和從前一樣，B.B. Ray的唯一食糧是蜜糖，他時常去到森林便利店，用他那個圓圓的手巴掌去按付款機買蜜糖。我煮飯的時候，他也要跑到廚房來檢查我有沒有偷他的蜜糖做調味配料。

　　除了口部運動，爬樹是B.B. Ray唯一的運動。可是他比較愛坐到電視機前看NBA、棒球、還有F1賽車。

　　每個月他的唯一出遊機會是跟我去看Alan哥哥的樹。

　　忘了告訴你，現在的Alan哥哥變成大概有八個B.B. Ray這麼高了！

　　B.B. Ray是個沒有心機、極度快樂的小熊，帶給我很多快樂的時刻。他，早已是我很要好的朋友了。

　　想起他跟Alan有無數個晚上都在談話，把他抓起來逼供。揉了揉眼睛，一面無辜的B.B. Ray說有很多他都不明白，可是

知道的都會慢慢告訴我。就這樣，我經常和小熊談話，找他替我解答心理疑問。

他的確是一個很不一樣的小熊。

每當我很想念很想念 Alan 的時候，只要抱住 B.B. Ray，我好像感覺到 Alan 微溫的氣息靠著小熊一點一滴傳送了過來，把我整個人籠罩在很遠以前的一個夢裡。

你要是來到溫哥華，假如天氣好，你在外面烤肉的時候，小心喔！說不定有一個傻瓜蛋小熊覥腆地在你餐桌旁踮高腳跟，看你有沒有多出來的蜜糖可以請他吃，那麼你就應該知道他是誰了。

現在的我

在二〇〇一年我決定了日後想要走的路。

開始到兒童安寧病房做義工之後，我更加相信我一直在尋找的到底是什麼事。照顧患了絕症的兒童和他們的家屬，替他們分擔一些我曾經遭遇的傷痛，用我的笑容燃起他們的士氣，不就是我應當做而又做得來的事情嗎？

我決定重拾課本，從頭來過。起步是遲了一些，但我還是希望能夠取得社會工作者的資格，在以後的日子全力為其他人服務。從 Alan 事件當中所學習的一切，加上對人生仍然充滿信心和好奇，我多少可以對其他人有一點幫助。

我們的社會少了一個服裝設計師不是什麼大不了的損失；可是，能夠有多一個人願意為其他人服務，這個世界總該會變得好一些吧？

後話

　　人與人的相遇與相知，究竟能不能用或然率計算我不懂，我只知道真誠是做任何事的首要條件。

　　二〇〇〇年十一月我寫了一封信給「大塊文化」的郝先生，一個在書上看到過的名字。信裡告訴他我在動手寫一個如此如此這般這般的故事，不知道他的出版社會不會有興趣。

　　起初當然懷著忐忑的心情期待回音。

　　一、兩個月過去了，告訴自己，算了吧，就算這間出版社沒回音，我也要把寫書計劃完成，畢竟把Alan的事件記錄下來最為重要。其實沒有打算找別家出版社的念頭。

　　二〇〇一年三月的一個黃昏，電話響了（又是電話響了！）。居然是郝先生從台灣打長途電話過來溫哥華！

　　掛了電話之後，好一會我還發呆站在原位，太不可置信！

然後，當頭棒喝像是中了彩票的人，我大聲狂叫。還好鄰居體諒沒把我交給警察局。

　　接下來的一年多，一直用電郵通訊的郝先生還在耐心等著我把書寫好，而我，卻不斷試探他的耐心到底有多深；拉拉扯扯總沒把寫書計劃完成，連我自己也有點看不起自己。

　　受不了，下了決心，有大無畏精神的我，終於在二〇〇二年懷著興奮加點不安帶著初稿去到了「大塊文化」。那是一次非常愉快的見面。素未謀面的陌生人圍在一起說故事，時而開懷大笑，時而為了某些情節掉下眼淚，叫我好感動好感動。平凡的我，再度遇上了不平凡的人。

　　啊啊！人生，實在太好玩，太美妙了！

二〇〇二年九月一日，溫哥華

My Deepest Thanks

真心感謝

　　隨著書的完成，我以為眼淚也就不再流。沒想到，即使輕輕的觸碰了以下的這些名字，刻骨銘心的往事也隨著不爭氣如泉湧般的淚水，浮浮沉沉流灑了滿地。

　　面對生死交關，沒有家人和朋友的愛護和支持，我實在不能想像該如何度過這重大的考驗。感謝的話只能夠適當地表達；要感謝的人也實在太多太多，未能盡錄之處請大家見諒。

Alan 先生　謝謝你印證了我對愛情的堅定信念。承受了你那一份畢生難忘的禮物，我將帶著微笑一直支持到最後。我也要向你學習，把人生過得美麗而充滿意義。

Alan 媽媽　您表現了天底下所有母親對孩子的愛；您的勇敢也讓我非常佩服。

Joanna Chan　沒想到兩年後妳也去和 Alan 會合了，而我還是沒忘記妳曾經為我們所做的一切。

Eileen Chau　妳從未間斷的問候和關心，讓我深深感動。

Lana & Paul Choi　你們正面的人生觀對我一直是很大的鼓勵。

Julian Chung　早已把你那一份特別的友情銘記於心。

Dr. H. Feldman, *M.D., C.M., F.R.C.P. (C)*　We felt honoured to have been in your good hands.

Ray Fung　借用了你的名字，B.B. Ray 似乎也變得更可愛。

Dr. R.A. Harpur, *M.D.C.M., M.H.SC., C.C.F.P.*　Your care and sincerity have altered my view of a family physician.

Teleyn Katz　I knew I had found the best transitional place on earth for Alan the very first time we met.

Maureen Marks-Mendonca　Your love and wisdom have been guiding me through my most difficult time and all other times.

Kelly Maxwell　You have inspired me to become a volunteer for other families in need of help.

Katsu & Yoko Ogawa　Your generosity, endless support, and genuine friendship have always kept my heart warm.

Margaret Ramsdale　Your faith in me has been one of my strongest supports.

B.B. Ray　你所做的匪夷所思的一切，早已超越一隻玩具熊的功能。

Julie Shum　那夜，妳的輕輕細語或許真的傳遞了某些神奇力量給Alan。

Wendy Solloway　Your music brought a sparkle to Alan's last days with us.

Serena To　妳那些搞笑卻又真情流露的傳真，把那一段日子塗上了片片色彩。

Margaret Wong　在 Alan 走後，我甚至還沒想到，妳卻已經自動提出陪伴我渡過那一段極度落寞的時期。

Petrina Wu 　沒有妳那細心的提議，Alan 也許遇不到像 B.B. Ray 如此特別的好朋友。

C.W. Yeh 　無論是幫忙整理 Alan 的小花圃，或是把插圖的鉛筆痕跡擦去，你都讓我輕鬆很多很多。

Celine & David Yeung 　那一段日子，我們都一起學習了不少。再艱苦的課程，也因為有你們不離不棄而變得比較容易。

May's Place & Vancouver General Hospital 　The tremendous care we received shall never be forgotten. My gratitude to all the doctors, nurses, and staff.

我的家人 　無論我們住在同一個都市，還是天各一方，毋需太多話語，我也知道你們都在默默支持著我。家人，是朋友以外另一股不可言喻的巨大力量，幫助我面對種種困境。

最後，真心感謝 Rex。二〇〇一年三月那一個黃昏接到您打來的那通電話的激動，至今難忘。沒有您的認同，這本書也許永遠不會面世。再加上了 Cecilia 以及大塊文化同仁的努力，這本書的可看性也相對地提高許多。

國家圖書館出版品預行編目資料

三月搖籃曲／Judith Lam 著.
-- 初版-- 臺北市：大塊文化 , 2003 [民 92]
面；　公分. -- (mark ；37)
ISBN　986-7975-81-2 (平裝)

855　　　　　　　　　92002636

請沿虛線撕下後對折裝訂寄回，謝謝！

編號：MA 037　書名：三月搖籃曲

 **讀者回函卡**

謝謝您購買這本書，為了加強對您的服務，請您詳細填寫本卡各欄，寄回大塊出版 (免附回郵) 即可不定期收到本公司最新的出版資訊。

姓名：＿＿＿＿＿＿＿＿＿＿＿＿＿**身分證字號：**＿＿＿＿＿＿＿＿＿＿

住址：＿＿＿＿＿＿＿＿＿＿＿＿＿＿＿＿＿＿＿＿＿＿＿＿＿＿

聯絡電話：(O)＿＿＿＿＿＿＿＿＿＿ (H)＿＿＿＿＿＿＿＿＿＿＿

出生日期：＿＿＿年＿＿＿月＿＿＿日　E-mail:＿＿＿＿＿＿＿＿

學歷： 1.□高中及高中以下　2.□專科與大學　3.□研究所以上

職業： 1.□學生　2.□資訊業　3.□工　4.□商　5.□服務業　6.□軍警公教
7.□自由業及專業　8.□其他＿＿＿＿＿

從何處得知本書： 1.□逛書店　2.□報紙廣告　3.□雜誌廣告　4.□新聞報導
5.□親友介紹　6.□公車廣告　7.□廣播節目 8.□書訊　9.□廣告信函
10.□其他＿＿＿＿＿＿

您購買過我們那些系列的書：
1.□ Touch 系列　2.□ Mark 系列　3.□ Smile 系列　4.□ Catch 系列
5.□ tomorrow 系列　6.□幾米系列　7.□ from 系列　8.□ to 系列

閱讀嗜好：
1.□財經　2.□企管　3.□心理　4.□勵志　5.□社會人文　6.□自然科學
7.□傳記　8.□音樂藝術　9.□文學　10.□保健　11.□漫畫　12.□其他＿＿＿

對我們的建議：＿＿＿＿＿＿＿＿＿＿＿＿＿＿＿＿＿＿＿＿＿＿
＿＿＿＿＿＿＿＿＿＿＿＿＿＿＿＿＿＿＿＿＿＿＿＿＿＿＿＿＿＿＿
＿＿＿＿＿＿＿＿＿＿＿＿＿＿＿＿＿＿＿＿＿＿＿＿＿＿＿＿＿＿＿